Petra Schier

Ein Weihnachtshund für alle Fälle

rütten & loening

Petra Schier

Ein Weihnachtshund für alle Fälle

Roman

rütten & loening

FSC
Mixed Sources
Product group from well-managed forests and other controlled sources
Cert no. SA-COC-001819
www.fsc.org
© 1996 Forest Stewardship Council

ISBN 978-3-352-00819-1

Rütten & Loening ist eine Marke der Aufbau Verlag GmbH & Co. KG

1. Auflage 2011

Einbandgestaltung Mediabureau Di Stefano, Berlin
Druck und Binden CPI Moravia Books, Pohořelice
Printed in Czech Republic

www.aufbau-verlag.de

Prolog

»Ich bin beeindruckt.« Das Christkind sah sich anerkennend in der neuen Geschenkfabrikhalle um und ließ die goldenen Flügel flattern. »Alles auf dem Stand der neuesten Technik, wie ich sehe. Dann kann der Weihnachtstrubel ja losgehen.«

Santa Claus, auch als Weihnachtsmann bekannt, nickte stolz. »Zum Glück ist alles noch rechtzeitig fertig geworden. Die Elfenbrigade hat sich wirklich ins Zeug gelegt. Zwar ist es gerade erst Anfang November, aber die ersten Wunschzettel stapeln sich schon wieder auf meinem Schreibtisch.«

»Bei mir sieht es nicht anders aus. Mein E-Mail-Postfach quillt auch schon über.«

Die beiden lachten einmütig.

Das Christkind blinzelte schelmisch. »Nun, da du im technischen Bereich endlich aufgeholt hast – wie wäre es mit einer kleinen Wette?«

»Was für eine Wette?« Der Weihnachtsmann hob neugierig eine buschige weiße Augenbraue.

Wieder ließ das Christkind seine Flügel schlagen und den schimmernden Kranz, der sein goldenes Haar umgab, aufleuchten. »Ich wette, dass ich bis Heiligabend mehr Menschen glücklich machen kann als du.«

»Ha!« Die Miene des Weihnachtsmannes hellte sich

auf. »Weißt du was, die Wette gilt!« Sie schlugen ein und schüttelten sich kräftig die Hände. »Es wird mir ein Vergnügen sein, dich vom Gegenteil zu überzeugen.«

»Das musst du erst einmal schaffen.«

Santa Claus grinste. »Ich habe nicht nur in der Fabrik modernisiert. Meine Elfen sind inzwischen auch mit der allerneuesten Technik ausgerüstet. Hochfrequenz-Abhörgeräte, digitale Kameras, nicht zu vergessen das GPS-System an meinem Schlitten. Die Arbeit wird ab sofort ein Kinderspiel werden.«

Das Christkind schmunzelte. »Ich mag vielleicht nicht über deine Elfenbrigade verfügen, aber glaub mir, meine Engel und ich stehen, was unsere Ausrüstung angeht, der deinen in nichts nach.«

»Das wollen wir doch mal sehen.«

»Das werden wir auch sehen!«

»Also wirklich, ihr zwei.« Santas Frau war in der Tür der Geschenkfabrik erschienen und blickte die beiden streng an, die Hände in die Hüften gestemmt. »Was muss ich da hören? Streit so kurz vor Weihnachten? Und das ausgerechnet von euch, die ihr eigentlich Liebe und Frieden auf Erden zu verkünden habt.«

»Entschuldige, mein Schatz.« Santa Claus ging zu seiner Frau und gab ihr einen raschen Kuss auf die Wange. »Wir streiten gar nicht.«

»Ach nein? Das klang aber anders.«

»Nein, meine Liebe.« Das Christkind kam nun auch näher. »Wir haben lediglich eine kleine Wette abgeschlossen, nichts weiter.«

»Eine kleine Wette?« Santas Frau runzelte skeptisch die Stirn.

»Nichts Schlimmes«, bestätigte Santa und wandte sich wieder ans Christkind. »Bleibt noch der Wetteinsatz.«

»Stimmt.« Nachdenklich tippte sich das Christkind mit dem Zeigefinger gegen die Lippen. »Lass sehen … Ja, ich hab's! Der Verlierer muss dem Gewinner im kommenden Jahr bei der Geschenkeauslieferung helfen, ganz gleich, wie viele Lieferungen er selbst zu erledigen hat.«

»Aber das geht doch nicht!«, protestierte Santas Frau. »Der Heilige Abend reicht ja so schon kaum aus, um alle Geschenke auf der Erde zu verteilen.«

»Eine gute Idee«, sagte der Weihnachtsmann jedoch mit einem breiten Lächeln. »Vielleicht solltest du besser jetzt schon mal mit dem Training beginnen, liebes Christkind. Du wirst nächstes Jahr ganz schön was zu tun bekommen.«

Das Christkind grinste. »Vielleicht solltest du lieber darüber nachdenken, dir einen Anhänger für deinen Schlitten zuzulegen, lieber Weihnachtsmann. Du wirst ihn brauchen, wenn ich die Wettschulden bei dir einlösen komme.«

Die beiden lachten wieder und reichten sich erneut die Hände.

Santas Frau schüttelte halb verärgert, halb amüsiert den Kopf. »Wenn das mal gutgeht.«

1. Kapitel

»Du wolltest mich sprechen, Paps?« Irina Rosenbaum trat in das geräumige Büro ihres Vaters, des Inhabers des Familienbetriebs *Rosenbaum & Söhne – Elektrotechnik, Kommunikations- und Sicherheitstechnik, Energie- und Gebäudetechnik*. Auf seinen Wink hin ließ sie sich ihm gegenüber auf einem der gemütlichen Besuchersessel nieder. »Wenn es um den Auftrag bei *Schuster und Co.* geht, damit werde ich heute Abend wie vereinbart fertig. Ich musste allerdings der Zuliefererfirma Beine machen, sonst hätten sie die Ersatzteile nicht rechtzeitig geliefert. Hat sich jemand beschwert?«

Aaron Rosenbaum lächelte über den defensiven Ton seiner Tochter. Sie arbeitete jetzt seit fünf Jahren Seite an Seite mit ihren drei älteren Brüdern und hatte sich in ihrem Bereich wirklich bewährt. Doch auch wenn es eigentlich nicht nötig war, schien sie noch immer beweisen zu wollen, dass sie ebenso gute Arbeit leistete wie die Männer. Wohlwollend ließ er seinen Blick über die zierliche Gestalt Irinas wandern, die in einem sauberen dunkelblauen Arbeitsoverall mit Firmenemblem auf der Brust steckte. Das zu einer ebenso schicken wie praktischen Kurzfrisur geschnittene blonde Haar steckte unter einer ebenfalls dunkelblauen Baseballkappe. Ja, er war stolz auf alle seine Kinder und glücklich, dass seine beiden Töchter – Irina wie auch seine Jüngste, Lidia – darüber hinaus auch noch zu solch ausgesprochenen Augenweiden herangewachsen waren. Was konnte sich ein Mann wohl mehr wünschen?

»Nein, Irina, keine Sorge. Es geht nicht um den Auftrag bei *Schuster und Co.* Daniel hat mir bereits gesagt, dass dort alles klargeht.« Er lächelte beruhigend. »Du erinnerst dich doch an das Hotel, das wir vor zwei Jahren vollständig mit Technik versorgt haben?«

»Meinst du das *Sternbach* in der Innenstadt, mit dem wir gerade rechtzeitig vor der Eröffnung zu Weihnachten fertig waren?« Selbstverständlich erinnerte sich Irina an diesen Auftrag. Und wenn auch nur, weil er eng mit den Ereignissen zusammenhing, die ihren älteren Bruder Daniel und seine jetzige Frau zusammengebracht hatten. Sie lächelte bei der Erinnerung daran. »Will der Hoteldirektor uns vielleicht als Dank für unsere Mühen einen kostenlosen Aufenthalt im Wellnessbereich des Hotels schenken? Immerhin erledigen wir alle Wartungsarbeiten schnell und pünktlich.«

Aarons Lächeln vertiefte sich. »Das würde dir gefallen, wie? Nein, Irina, es kommt sogar noch besser!«

»Noch besser als ein ganzer Tag mit Sauna, Massage, Salzgrotte und Rundum-Service?«

»Sternbach hat am See hinter der Stadt ein Luxus-Resort gebaut, wie du weißt. Er ist mit unserer Arbeit in seinem ersten Hotel derart zufrieden, dass er unsere Firma beauftragt hat, auch alle Installationen im Ressort auszuführen.«

»Alle Installationen?«

»Jawohl, das volle Programm.«

»Das ist ja Wahnsinn!« Irina sprang auf, umrundete den großen Schreibtisch und fiel ihrem Vater um den Hals.

Dann zog sie sich jedoch ein wenig zurück und blickte ihn argwöhnisch an. »Okay, wo ist der Haken? Soll das Ressort etwa auch zu Weihnachten eröffnet werden? Ich habe den Bau gesehen. Das können wir unmöglich schaffen. Da brauchen wir mindestens vier Monate, und das ist schon optimistisch gerechnet. Und du weißt genau, dass ich ab neunzehnten Dezember drei Wochen Urlaub habe.«

»Die Eröffnung ist erst im Mai.« Aaron wies auf den Besuchersessel; Irina setzte sich wieder. »Aber auch wenn wir ein halbes Jahr Zeit haben, bedeutet dieser Auftrag doch eine Menge Mehrarbeit. Schließlich haben wir auch noch andere Kunden zu bedienen. Deshalb habe ich einen neuen Mitarbeiter eingestellt, der uns im Bereich Kommunikations- und Sicherheitstechnik unterstützen soll und auch von Energietechnik etwas Ahnung hat.«

Irina atmete erleichtert auf. »Endlich, Paps. Ich habe ja schon lange gesagt, dass wir noch eine weitere Arbeitskraft benötigen. Wann kann er anfangen?«

»Morgen ist offiziell sein erster Arbeitstag. Wir haben aber ausgemacht, dass er heute schon herkommt. Ich möchte dich bitten, ihm die Firma zu zeigen und später mit ihm raus zum Resort zu fahren, damit ihr euch schon mal umsehen könnt.«

»Aber was ist mit meiner Arbeit bei Schuster?«

»Die übernimmt Janus. Er ist mit seiner Arbeit im Krankenhaus gestern fertig geworden.«

»Aber dann könnte er doch …« Irina knabberte an ihrer Unterlippe. »Ich möchte ungern einen Auftrag unvollendet verlassen, Paps.«

»Das weiß ich, aber ich halte es für die beste Lösung.« Aaron blickte sie ernst an. »Ich möchte, dass du die Leitung über den Auftrag im Resort übernimmst.«

Irina schnappte nach Luft. »Ich soll die Leitung übernehmen?«

»Spricht etwas dagegen? Daniel und Janus sind damit einverstanden. Und Erik liegt mir sowieso schon seit Wochen in den Ohren, dass ich dir endlich auch einmal die Leitung über ein Projekt übertragen soll. Das tue ich hiermit. Daniel wird dich unterstützen, ist heute und morgen aber nicht verfügbar. Deshalb möchte ich, dass du Herrn Reuther mit zur Baustelle nimmst. Vier Augen und Ohren sehen und hören mehr als zwei. Sternbach ist ein anspruchsvoller Kunde.«

»Also gut.« Irina spürte, wie ihre Wangen vor Aufregung glühten. »Dann werde ich …« Sie schluckte. »Danke, Paps.«

»Keine Ursache.« Aaron lächelte wieder. »Ich erwarte hervorragende Arbeit, nicht nur von dir, sondern von euch allen.«

»Natürlich.« Irina lächelte ebenfalls. »Wann wird dieser Herr Reuther hier antanzen?«

Aaron schmunzelte. »Ich habe ihn für neun Uhr dreißig herbestellt.« Er blickte auf seine Uhr, dann auf den Überwachungsbildschirm neben seinem Schreibtisch. »Und wie ich sehe, ist er pünktlich. Ich habe Lidia gebeten, ihn im Empfangsraum zu beschäftigen, bis du unten bist.«

»Okay, dann werde ich mal gehen und ihn …« Irina hatte sich erhoben und dabei neugierig einen Blick auf den

Bildschirm geworfen. Mitten in der Bewegung erstarrte sie. »Lars!«

»Wie bitte?« Verwundert hob ihr Vater den Kopf, dann sah er, was sie meinte. »O ja, richtig, Lars Reuther. Du erinnerst dich also an ihn? Er war in deinem Abiturjahrgang, nicht wahr? Hat einige Jahre in Hamburg und Köln gearbeitet. Erstklassige Arbeitszeugnisse, Meisterbrief mit eins Komma fünf. Er ist kürzlich wieder hergezogen und hat …«

»Das geht nicht, Paps«, unterbrach Irina ihn mit gepresster Stimme. »Ich kann unmöglich … Ich werde nicht mit ihm zusammenarbeiten.«

Aaron musterte seine Tochter aufmerksam und faltete die Hände auf der Tischplatte. »Und warum nicht?«

Irina fuhr zu ihm herum, eine steile Falte zwischen den Augen. »Weil ich ihm den Hals umdrehe, wenn er mir näher als drei Schritte kommt.«

Standhaft bemühte sich Aaron, ein ernstes Gesicht beizubehalten. »Das wäre aber sehr bedauerlich, Irina. Ich möchte ungern auf seine Arbeitskraft verzichten, noch bevor er überhaupt angefangen hat. Ganz zu schweigen von der deinen, wenn sie dich in den Knast stecken.«

»Das ist nicht witzig, Paps!« Irina funkelte ihn aufgebracht an. »Wie konntest du ausgerechnet ihn einstellen? Du weißt ganz genau, dass wir uns an die Kehle gehen, sobald wir uns im selben Raum befinden.«

Aaron beugte sich ein wenig vor und nickte bedächtig. »Herr Reuther erwähnte, dass ihr nicht das allerbeste Verhältnis zueinander habt.«

»Das ist die Untertreibung des Jahrhunderts!«

»Er schien jedoch durchaus bereit, mit dir in Frieden zusammenzuarbeiten.«

»In Frieden? Pah, dass ich nicht lache!« Irina stemmte die Hände in die Hüften. »Vergiss es, Paps, ich werde nicht ein Wort mit ihm wechseln, geschweige denn mit ihm arbeiten.«

»Irina.« Aaron stand auf und trat auf sie zu. Seine Miene wie auch sein Tonfall hatten sich deutlich verändert. Streng blickte er auf seine Tochter hinab. »Nun mach mal einen Punkt. Wie lange ist es her, dass ihr euch zuletzt gesehen habt? Acht, neun Jahre? Findest du nicht, das ist lang genug, um das Kriegsbeil zu begraben? Liebe Zeit, ihr wart ja fast noch Kinder damals.«

»Waren wir nicht. Wir waren erwachsen, hatten gerade das Abitur …«

»Unterbrich mich nicht!«

Irina verstummte und senkte den Kopf.

Aaron unterdrückte ein Schmunzeln. »Lars Reuther ist ein Fachmann auf seinem Gebiet, so wie du eine Fachfrau auf dem deinen bist. Ich habe ihn eingestellt und wünsche, dass ihr gemeinsam im Resort arbeitet. Nicht mehr und nicht weniger. Ob ihr dabei miteinander redet oder euch Rauchzeichen gebt, ist mir gleich. Mir wäre es nur recht, wenn ihr Negativschlagzeilen über Schlägereien auf der Baustelle vermeidet.«

Erbost hob Irina den Kopf wieder, sagte jedoch nichts, als sie den strengen Blick in den Augen ihres Vaters sah. Er wies auf die Tür. »Und nun geh nach unten und begrüße unseren neuen Mitarbeiter.« Bevor sie seiner Anweisung nachkommen konnte, legte er ihr eine Hand auf die Schulter und drückte sie leicht. »Ihr seid erwachsene Menschen, Irina. Ich weiß nicht, warum ihr euch damals nicht ausstehen konntet – es geht mich auch nichts an. Aber wenn er Manns genug ist, eure persönlichen Querelen am Arbeitsplatz beiseitezuschieben, wirst du doch wohl Frau genug sein, das Gleiche zu schaffen. Oder etwa nicht?«

Als er den kämpferischen Ausdruck in ihrem Blick wahrnahm, wusste er, dass er erreicht hatte, was er wollte.

Irina straffte die Schultern. »Also gut, wie du meinst. Aber behaupte hinterher nicht, ich hätte dich nicht gewarnt.«

2. Kapitel

Während der Fahrt zur Baustelle herrschte in dem dunkelblauen Firmentransporter der Firma *Rosenbaum & Söhne* eisiges Schweigen. Irina konzentrierte sich vollkommen auf die Straße, würdigte Lars keines Blickes. Der verkniffene Zug um ihren Mund war ihm nur zu bekannt, hatte er ihn doch schon so oft bei ihr gesehen. Seit dem letzten Mal waren jedoch viele Jahre ins Land gezogen. Er für seinen Teil verspürte keinerlei Bedürfnis, das Kriegsbeil erneut auszugraben. Nicht nach dem, was er vor kurzem zufällig von einem seiner ehemaligen Schulfreunde erfahren hatte.

Innerlich seufzend musterte er Irina aus den Augenwinkeln. So viel vergeudete Zeit und Energie! Wer weiß, wo sie heute ständen, hätte es damals nicht diesen Zwischenfall gegeben. Andererseits war es vielleicht nicht schlecht, dass sie erst einmal erwachsen geworden waren, bevor sie sich wieder über den Weg gelaufen waren. Gut, er hatte ein wenig nachgeholfen, indem er sich bei Irinas Vater beworben hatte, nachdem er in seine Heimatstadt zurückgekehrt war. Im Grunde ein logischer Schritt, denn die Firma *Rosenbaum & Söhne* war die beste weit und breit. Natürlich hatte er vorab Erkundigungen eingezogen und wusste, dass Irina im Familienbetrieb arbeitete. Er fand, dass dies nicht nur eine Gelegenheit auf einen guten Job war, sondern auf diesem Weg auch die Möglichkeit bestand, ein großes Missverständnis aus der Welt zu schaffen – und sei es nur, um sein schlechtes Gewissen zu besänftigen. Er hatte sich Irina gegenüber furchtbar verhalten, und sie hatte es ihm mit doppelter Münze heimgezahlt. Da hatte es auch nichts geholfen, dass er insgeheim bis über beide Ohren in sie verliebt gewesen war.

Noch einmal ließ er seinen Blick aus den Augenwinkeln über ihr Profil wandern. Er hatte sich eingeredet – und mit einigem Erfolg –, dass fast neun Jahre Zeit genug gewesen waren, um die Gefühle von damals vollständig abzukühlen. Himmel, er war ja noch grün hinter den Ohren gewesen! Allerdings ließ sich nicht leugnen, dass es ihn wie ein Schlag in die Magengrube getroffen hatte, als Irina vorhin zum ersten Mal wieder vor ihm gestanden hatte. Sie war noch ebenso hübsch wie damals. Nein, korrigierte er sich, schöner! Sie war reifer geworden, ihre energische, vitale Ausstrahlung hatte sich noch verstärkt. Er erkannte auf den ersten Blick, dass sie sich zu einer Frau entwickelt hatte, die genau wusste, was sie wollte – und was nicht.

Es war mehr als eindeutig, dass sie nicht sehr erpicht darauf war, mit ihm zu sprechen, geschweige denn, mit ihm zusammenzuarbeiten. Ihr höflich-unterkühlter Ton verfehlte seine Wirkung auf ihn nicht. Mit Mühe hatte er einen bissigen Kommentar hinuntergeschluckt. Es war verblüffend, wie leicht es ihr fiel, in ihm die alten Verhaltensmuster zu wecken.

»Findest du nicht, dass du mich jetzt lange genug angestarrt hast?«

Irinas ätzende Stimme riss Lars aus seinen Gedanken. »Ich starre dich nicht an.«

»Was dann?«

»Ich habe nur gerade festgestellt, dass du dich verändert hast.«

»Ach ja?« Irina trat heftiger als nötig auf die Bremse, als sie in den Parkplatz zum Resort einbog.

»Du bist eine wunderschöne Frau, Irina.«

»Tatsächlich?« Irina parkte den Transporter direkt vor dem Haupteingang. »Und was war ich dann früher? Das hässliche Entlein?«

»Nicht ganz.« Lars' Mundwinkel zuckten. »Aber die vergangenen Jahre haben dir ganz sicher nicht geschadet.«

»Verbindlichsten Dank.« Irina sprang aus dem Van, knallte die Tür zu und ging, ohne auf ihn zu warten, auf den Eingang zu. Als er mit wenigen Schritten zu ihr aufgeholt hatte, blickte sie ihn abschätzend von der Seite an. »Du kannst dir das Süßholzgeraspele sparen, Reuther.

Ich sehe keinerlei Veranlassung, auch nur ein Wort mit dir zu wechseln, das nicht beruflich veranlasst ist. Herr Sternbach erwartet uns, also lass uns reingehen und unseren Job tun.«

»Wie du meinst. Du bist der Boss.« Er lächelte leicht.

Irina zog argwöhnisch die Brauen zusammen, als er sie mit einer Hand an ihrem Rücken sanft durch das zweiflüglige Portal geleitete. »Das ist wahr«, zischte sie schließlich etwas verspätet. »Also Hände weg.«

Lars reagierte nicht darauf. Irina konnte ebenfalls nicht weiter darauf eingehen, da der Hoteldirektor in diesem Augenblick mit freundlichem Lächeln und ausgebreiteten Armen auf sie zu trat und sie überschwänglich begrüßte.

»Okay, Irina, spuck's schon aus.«

»Spuck was aus?« Überrascht blickte Irina von der Grundrisszeichnung auf, die vor ihr auf dem Küchentisch ausgebreitet lag. Schräg hinter ihr stand Julia, ihre Schwägerin und beste Freundin, blickte ihr über die Schulter und nippte an einer Tasse Tee.

»Weshalb du seit Tagen mit einem Gesicht herumläufst, als wolltest du jemanden fressen. Ist es noch immer wegen eures neuen Mitarbeiters? Daniel erzählte mir, dass du und dieser Lars euch noch aus eurer Schulzeit kennt.«

»Verabscheut.«

»Bitte was?« Julia hob verwundert die Augenbrauen.

»Wir verabscheuen einander«, sagte Irina, ohne ihren Blick von der Zeichnung zu heben. »Und aus gutem Grund«, fügte sie hinzu. »Er ist ein Scheusal.«

Julia stellte die Teetasse ab und setzte sich auf den Stuhl gegenüber Irina. »Wann warst du zum letzten Mal beim Augenarzt?«

»Hm?« Nun hob Irina doch den Kopf und blickte die Freundin irritiert an. »Was meinst du?«

Julia schmunzelte. »Nun tu bitte nicht so. Bisher dachte ich immer, ich würde deinen Geschmack in Sachen Männer kennen. Aber wenn du Lars Reuther ein Scheusal nennst, müssen deine Ansprüche sich in letzter Zeit arg verändert haben.«

»Können wir bitte das Thema wechseln?«

»Nein, können wir nicht. Also …« Julia streckte eine Hand aus und zählte an den Fingern ab: »Er ist groß, schlank, besitzt noch jedes einzelne seiner dunkelblonden Haare, hat, wie ich unterstreichen möchte, sehr hübsche braune Augen … Die Brille steht ihm übrigens, was nicht bei allen Männern der Fall ist. Für meine Begriffe ist er ein ziemlich ansehnliches Exemplar seiner Gattung.«

»Du kannst ihn gerne geschenkt haben«, knurrte Irina und griff nun selbst nach ihrer Teetasse.

Julia lachte. »Danke nein, kein Bedarf. Ich habe meinem Traummann bereits vor anderthalb Jahren das Jawort gegeben.« Sie wurde wieder ernst. »Nun sag schon, was ist zwischen euch vorgefallen? Du hast ihn bisher niemals auch nur mit einer Silbe erwähnt. Aber jetzt, da er für deinen Vater arbeitet, läufst du herum wie ein bissiger Kettenhund.«

»Bissig?« Irina verzog ihre Lippen zu einem schmalen Strich. »Ja, vielleicht. Aber ich habe auch allen Grund dazu. Dass Paps ausgerechnet ihn einstellen musste …«

Auf Julias auffordernden Blick hin seufzte sie ergeben. »Also gut, es ist ja kein Geheimnis.« Sie trank einen Schluck Tee und fuhr dann fort: »Es war in unserem Abschlussjahr. Nein, ich muss weiter ausholen. Lars und ich haben uns nie gut verstanden. Keine Ahnung, warum. Wir haben uns einfach durch die Schulzeit gestritten. Irgendwann wurde es eine Art Sport, schätze ich. Die Lehrer nannten uns ›die schrecklichen Zwei‹, weil wir selbst im Unterricht gerne in Streit gerieten.«

Julia legte neugierig den Kopf auf die Seite. »Das klingt für mich nach Kinderkram. Wahrscheinlich habt ihr eure Reibereien sogar genossen, sonst hättet ihr sie bestimmt nicht so lange durchgehalten.«

»Keine Ahnung, vielleicht.« Irinas Blick wanderte in eine unbestimmte Ferne, doch als sie sich an die Ereignisse von damals erinnerte, erschien ein bitterer Zug um ihren Mund. »Vielleicht wäre alles nicht so schlimm geworden, wenn ich nicht …«

»Wenn du was nicht?«

Irina senkte den Blick zurück auf die Zeichnung und fuhr mit dem rechten Zeigefinger einige Linien nach. »Wie ich schon sagte, im Abschlussjahr wurde es erst richtig schlimm. Wir fuhren auf unsere letzte gemeinsame Jahrgangsfahrt nach Prag.« Sie zögerte. »Na ja, eines kam zum anderen …«

Julia stieß einen kleinen Pfiff aus. »Sag bloß, ihr habt …«

Irina blickte sie mit zynischem Blick an. »Wir haben.«

»Was sich neckt, das liebt sich.«

»Das dachte ich auch – für exakt zehn Stunden. Dann erfuhr ich von seinen Kumpels, dass er mich offenbar diesmal so richtig hereingelegt hatte.«

Julias Miene erstarrte kurz. Ungläubig blickte sie ihre Freundin an. »Du meinst, er hat dich … er hat das getan, um dich vor allen bloßzustellen?«

»Exakt.«

»So ein Scheusal.«

»Sagte ich das nicht?«

»Wie hast du reagiert?«

Irina seufzte erneut, fuhr sich mit gespreizten Fingern durch ihr kurzes Blondhaar. »Auf die einzige Weise, die mir angemessen erschien. Ich bin hingegangen und habe überall herumerzählt, dass ich ihn hereingelegt hätte. Angriff ist noch immer die beste Verteidigung.«

Julia nickte nachdenklich. »Danach sind die Dinge dann wahrscheinlich eskaliert.«

»Es herrschte Krieg«, bestätigte Irina. »Ich war so froh, als wir endlich unser Abitur in der Tasche hatten und er zur Ausbildung in eine andere Stadt zog. Seitdem habe ich nichts mehr von ihm gehört, bis …«

»Bis er diesen Job in eurer Firma angenommen hat«, ergänzte Julia.

3. Kapitel

Etwas unschlüssig blickte Lars an dem rot verklinkerten Mehrfamilienhaus empor, in dessen Obergeschoss sich Irinas Wohnung befand. Ihr Bruder Daniel hatte ihn hergeschickt, um ihr noch einige weitere Zeichnungen zu bringen, die bis morgen auf den neuesten Stand gebracht werden sollten. Lars hatte im Grunde nichts dagegen, noch nach Feierabend an diesem Projekt weiterzuarbeiten, doch sich dazu ausgerechnet in die Höhle der Löwin zu begeben, hielt er nicht für die beste aller Lösungen. In den vergangenen zehn Tagen war Irina ihm – wann immer möglich – aus dem Weg gegangen. Lars hatte es dabei belassen und gehofft, sie würde sich mit der Zeit abregen und einsehen, dass eine Neuauflage ihres Kleinkrieges sowohl sinnlos als auch überflüssig war. Gerne hätte er ihr erzählt, was er selbst erst kürzlich erfahren hatte, doch sie hatte offenbar beschlossen, sich in ihrem Schmollwinkel zu verschanzen. Und wenn Lars eines wusste, dann, dass es gefährlich werden konnte, zu versuchen, sie dort herauszulocken.

Achselzuckend ging er auf den Eingang des Wohnhauses zu. Was auch immer sie dazu sagen mochte, er würde ihr die Zeichnungen aushändigen und erklären, dass es nicht seine Idee gewesen war, sie noch heute Abend mit ihr zu bearbeiten.

Gerade als er auf den Klingelknopf drücken wollte, öffnete sich die Haustür und eine hübsche schlanke Blondine trat ins Freie. Ihr Gesicht kam ihm bekannt vor.

Als sie ihn erblickte, blieb sie überrascht stehen. »Herr Reuther? Guten Abend.« Sie streckte ihm ihre Hand entgegen, die er automatisch ergriff. Sie lächelte ihn an und musterte ihn neugierig. »Ich bin Julia Rosenbaum. Wir sind uns vergangene Woche in Aarons Büro begegnet.«

Lars lächelte zurück. »Natürlich, Sie sind die Steuerberaterin, nicht wahr? Und mit Irinas Bruder Daniel verheiratet.«

»So ist es.« Julia wies auf die Haustür. »Wollen Sie zu Irina?«

Lars verzog die Lippen. »Wollen ist leicht übertrieben. Ich soll in Daniels Auftrag ein paar Zeichnungen mit ihr durchgehen.«

»Jetzt noch?« Julia blickte auf ihre Armbanduhr. »Es ist nach sieben.«

»Wir benötigen die Zeichnungen morgen auf der Baustelle.«

Julia nickte. »Weiß sie, dass Sie auf dem Weg zu ihr sind?«

»Nein.«

»Sie hätten vorher anrufen sollen.«

Lars schüttelte den Kopf. »Und riskieren, dass sie mich abwimmelt?« Er runzelte die Stirn. »Ist sie anderweitig … Ich meine, hat sie Besuch oder so?«

»Hatte sie bis eben – von mir.« Julia zuckte mit den Schultern. »Sie sind mutig, sich herzutrauen.«

»Ich tue nur meinen Job.«

»Aha. Dann hoffe ich, Sie haben eine Gefahrenzulage beantragt.« Julia nickte ihm zu und wandte sich zum Gehen. »Viel Vergnügen.«

Lars blickte ihr verblüfft nach, stieß dann die Haustür auf, die sie nicht ins Schloss gezogen hatte, und trat ein.

Irina reckte sich, stand von ihrem Stuhl auf und trug die beiden Teetassen zur Spüle. Irgendwie hatte es gutgetan,

Julia von den Dingen zu erzählen, die zwischen ihr und Lars vorgefallen waren. Es kam ihr vor, als könnte sie nun ein wenig klarer darauf zurückblicken. Vielleicht hatte Julia sogar recht – war das alles Kinderkram? Reagierte sie übertrieben? Lars hatte bisher keinerlei Anstalten gemacht, die alte Feindschaft wiederzubeleben. Wahrscheinlich, weil es ihm nicht angebracht erschien, sich mit der Tochter seines Chefs anzulegen. Ein-, zweimal waren sie aneinandergeraten, jedoch, das musste sie sich eingestehen, war sie selbst daran schuld gewesen, weil sie ihn provoziert hatte. Etwas an ihm reizte sie bis aufs Blut; sie kam nur nicht dahinter, was es war. Möglicherweise die Tatsache, dass er ihr keinerlei Angriffsfläche bot. Vielleicht aber auch, dass sie nun schon mehrfach wahrgenommen hatte, wie er sie mit einem merkwürdigen Blick beobachtet hatte. Diesen Blick hatte sie schon einmal gesehen. Sie wollte nicht weiter darüber nachdenken, was damals mit ihr geschehen war. Es führte zu nichts als zu der frustrierenden Einsicht, dass sie auf ihn hereingefallen war. Noch einmal würde ihr das nicht passieren, ganz gleich, was er nun wieder im Schilde führen mochte.

Genervt über den Weg, den ihre Gedanken eingeschlagen hatten, schüttelte sie sich und wollte sich gerade wieder an den Küchentisch setzen, um die Zeichnung zu überarbeiten, als es an ihrer Wohnungstür klingelte. Rasch eilte sie in den Flur und öffnete die Tür. »Hast du etwas vergessen, Julia? Ich wollte gerade … Oh.« Als sie erkannte, wer vor ihr stand, machte ihr Herz einen unerwarteten Sprung und holperte dann ungleichmäßig weiter. Sie runzelte die Stirn. »Was willst du denn hier?«

»Ich freue mich auch, dich zu sehen.« Lars hatte beschlossen, Irinas abwehrende Haltung mit Humor zu nehmen. Das war allemal besser, als sich von ihr provozieren zu lassen. Dummerweise kam sein Herzschlag ein wenig aus dem Tritt, als er bemerkte, dass ihr graziler Körper in einer enganliegenden altrosa Yogahose mit passendem T-Shirt steckte. Dieses mehr als legere Outfit setzte ihre Rundungen nur allzu deutlich in Szene. Er schluckte hart und bemühte sich, sich auf ihr Gesicht zu konzentrieren, in dem er deutliche Verärgerung las. Er hob seine Aktentasche leicht an. »Ich soll dir noch ein paar Zeichnungen für morgen bringen.«

Irina kräuselte die Lippen. »Okay, gib sie mir und dann auf Wiedersehen.«

»Daniel bat mich, dir bei der Überarbeitung zu helfen.« Er blickte über ihre Schulter in ihre Wohnung. »Danke, dass du mich hereinlässt.« Ohne auf ihren Protest zu achten, schob er sich an ihr vorbei, stellte die Aktentasche unter der Garderobe ab und zog seine schwarze Lederjacke aus.

»Ich habe dich nicht hereingebeten«, knurrte Irina ungehalten.

»Das hättest du noch«, antwortete er lächelnd. »Oder wolltest du die Zeichnungen im Hausflur bearbeiten?« Rasch blickte er sich um, sah die offene Tür zur Küche und die Papiere auf dem Tisch. Wie selbstverständlich nahm er seine Tasche und steuerte den Küchentisch an, setzte sich auf einen der freien Stühle. »Was ist?« Er blickte sie fragend an. »Sollen wir nicht anfangen? Ich habe keine Lust, bis Mitternacht zu arbeiten.«

Irina, die noch immer wie angewurzelt an der Wohnungstür stand, suchte vergeblich nach Worten. Schließlich knallte sie die Tür heftiger als nötig zu und setzte sich ebenfalls an den Tisch. Lars hatte die neuen Zeichnungen bereits ausgepackt und war dabei, sie auseinanderzufalten.

Zwanzig Minuten später saßen sie einträchtig über die Zeichnungen gebeugt und fachsimpelten über die Verlegung von Kabeln und Leerrohren. Irina stellte fest, dass sie tatsächlich miteinander auskommen konnten, solange sie sich ausschließlich auf berufliche Themen beschränkten. Sie musste zugeben, dass Lars, was Können und Erfahrung anging, tatsächlich eine Bereicherung für die Firma war. Nicht, dass sie das jemals laut zugegeben hätte.

Sie wurden von einem aufdringlichen Klingelton aus der Konzentration gerissen. Lars hob grinsend den Kopf. »Bei dir piept's.«

Irina konnte gerade noch ein Lächeln unterdrücken. »Sehr witzig.« Sie stand auf und ging zum Ofen, in dem sie eine große Tiefkühlpizza aufgebacken hatte. Rasch schob sie sie auf einen Teller und schnitt sie in handliche Stücke. Lars schob ein paar Papiere beiseite, um auf dem Tisch Platz für den Teller zu schaffen.

Irina nickte ihm kurz zu. »Wenn du Hunger hast, bedien dich.«

»Danke.« Prüfend musterte Lars Irinas Miene. »Ich hoffe doch, du hast meine Hälfte nicht vergiftet.«

Innerhalb des Bruchteils einer Sekunde verfinsterte sich Irinas Blick. »Wenn ich gewusst hätte, dass du herkommst und mir auf die Nerven gehst, hätte ich mir vielleicht tatsächlich einen Vorrat an Zyankali zugelegt.« Statt sich zu setzen, ging sie zum Kühlschrank und entnahm ihm eine Flasche Cola. Heftiger als notwendig knallte sie sie auf den Tisch und stellte zwei Gläser und zwei Teller dazu. »Mach bloß keine Fettflecke auf die Zeichnungen«, knurrte sie und pfefferte auch noch zwei Servietten auf den Tisch.

»Zu Befehl, Boss.«

»Nenn mich nicht ständig Boss.«

»Okay, wie hättest du es denn gerne? Frau Projektleiterin vielleicht?«

Lars' ironischer Ton reizte Irina, und an seinem Blick erkannte sie, dass er genau dies beabsichtigte.

»Ich habe einen Vornamen«, antwortete sie etwas ruhiger. »Es reicht, wenn du ihn benutzt, Reuther.«

»Okay. Irina?« Der leise, dunkle Ton, in dem er ihren Namen aussprach, jagte ihr unvermittelt eine Gänsehaut über den Rücken. Als sie aufblickte, begegnete sie seinem intensiven Blick. »Auch ich habe einen Vornamen.«

Sie schluckte. »Das weiß ich.«

»Ganz sicher? Du hast ihn nämlich bisher noch nicht ein einziges Mal benutzt, seit ich bei euch angefangen habe.«

Da der rauchige Ton seine Stimme noch immer nicht verlassen hatte, begann Irinas Herz erneut aus dem Rhythmus zu geraten. Vergeblich bemühte sie sich, seinem Blick auszuweichen.

Lars streckte die Hand aus, und im ersten Moment

dachte sie, er wolle sie berühren, doch stattdessen griff er nach einem Stück Pizza und zwinkerte ihr zu. »Was hältst du davon, wenn wir die Verkabelung für die Gegensprechanlagen in den Büros hier entlang verlegen?« Mit links deutete er auf eine der Zeichnungen; seine Stimme hatte wieder ihren normalen Tonfall angenommen, so als sei nichts geschehen.

Es war ja auch nichts geschehen, rief Irina sich zur Ordnung. Dass sie so merkwürdig auf Lars reagierte, war allein ihr Problem, und sie würde es ganz sicher noch in den Griff bekommen. Sie beugte sich über die Zeichnung, deutete dann selbst auf eine Stelle. »Hier könnten wir den Kabelstrang mit dem der Telefonanlage zusammenführen. Aber dazu müssten wir hier durch die Decke gehen …«

Lars lächelte vor sich hin, biss in sein Stück Pizza. Zwar hatte er sich fest vorgenommen, sich weder provozieren zu lassen noch dies selbst zu tun, doch musste er sich eingestehen, dass es ihm nicht wenig Spaß machte, Irina aus dem Konzept zu bringen. Das war eine Sache, die ihm offenbar auch heute noch ohne viel Mühe gelang. Allerdings musste er sich mehrfach ermahnen, den Bogen nicht zu überspannen und weiterhin einen sicheren Abstand zu ihr zu halten. Zu gerne hätte er ihre Hand berührt, nur um zu sehen, wie sie darauf reagieren würde. Doch er wusste, dass er damit vermutlich mehr falsch als richtig machen konnte. Also konzentrierte er sich wie sie wieder auf die Arbeit, genoss ihre Nähe und hoffte, mit der Zeit die Barrikaden einreißen zu können, die sie ihm gegenüber errichtet hatte.

Knapp zwei Stunden später faltete Irina die letzte der Zeichnungen zusammen und reichte sie Lars, der sie in seiner Aktentasche verschwinden ließ. »Das wäre es dann wohl für heute«, sagte sie und wandte sich in Richtung der Küchentür.

Lars machte jedoch keine Anstalten, den Raum zu verlassen. Stattdessen nahm er die beiden Gläser und stellte sie zu den Tellern auf die Anrichte, ließ Wasser ins Spülbecken laufen und gab ein paar Tropfen Spülmittel dazu.

»Was tust du da?« Verblüfft kam Irina näher und sah ihm dabei zu, wie er seelenruhig begann, das Geschirr zu säubern.

»Man nennt es spülen«, sagte er, ohne eine Miene zu verziehen.

Sie zog die Stirn in Falten. »Das weiß ich. Aber warum …«

»Hier, nimm einfach das Geschirrtuch.« Er drückte ihr das Tuch in die Hand.

Mechanisch begann sie, die Teller abzutrocknen. Wenige Minuten später war die Arbeit erledigt und die kleine Küche wieder in ordentlichem Zustand. Lächelnd nahm Lars Irina das Geschirrtuch ab und trocknete seine Hände, bevor er es zurück an den Haken hängte. »Danke fürs Essen«, sagte er.

»Äh, ja. Danke für …« Irina machte eine unbestimmte Geste mit der Hand, die Anrichte und Spüle einschloss. »Ich schätze …«

»Ich sollte jetzt gehen«, beendete Lars den Satz. »Da hast du recht. Es ist spät, und wir müssen morgen beide früh auf der Baustelle sein.« Er ging an ihr vorbei zur Garderobe, zog seine Lederjacke an.

Irina war ihm gefolgt und prallte ein wenig zurück, als er sich unvermittelt zu ihr umdrehte. In dem beengten Eingangsbereich ihrer Wohnung blieb ihr nur wenig Möglichkeit, vor ihm zurückzuweichen, also blieb sie stehen. Sie wurde sich unvermittelt der Tatsache bewusst, dass er fast einen Kopf größer war als sie. Seine Schultern waren breiter als damals. Die braunen Augen hinter den dezent silbern gerahmten Brillengläsern hatten sich jedoch kaum verändert. Falls überhaupt, war sein Blick noch eindringlicher geworden – und erwachsener. Was sie nun in ihm aufflackern sah, wollte sie lieber ignorieren, beschloss sie.

Sie räusperte sich und griff nach der Türklinke. »Also dann …«

Er machte einen Schritt auf sie zu. »Also dann«, wiederholte er ihre Worte. Sein Blick wanderte von ihren Augen über ihr Gesicht bis hinab zu ihren Lippen.

Irinas Nackenhärchen stellten sich unwillkürlich auf, als er den Kopf beinahe unmerklich in ihre Richtung neigte. »Ich habe es schon einmal gesagt, Reuther«, krächzte sie. »Finger weg.«

»Wie du willst«, raunte er, schob seine Hände in die Taschen seiner Jeans, lehnte sich jedoch ein Stückchen vor, bis ihre Gesichter nur noch wenige Zentimeter voneinander entfernt waren. »Zufrieden?«

Das Lächeln in seiner Stimme ließ ihr Herz schon wieder aus dem Tritt geraten. Als sein Blick erneut hinab zu ihren Lippen glitt, schluckte sie hart. »Raus hier«, presste sie hervor und öffnete die Wohnungstür.

Lars tat, als hätte er die ganze Zeit nichts anderes im Sinn gehabt, griff nach seiner Tasche und trat in den Hausflur hinaus. »Gute Nacht, Irina«, sagte er, zwinkerte ihr noch einmal zu und verschwand dann die Treppe hinab.

Irina starrte ihm sekundenlang nach, warf dann die Tür zu und lehnte sich mit geschlossenen Augen dagegen. Sie ballte die Hände zu Fäusten. »Mist!«, flüsterte sie. Was auch immer er im Schilde führte – wenn sie nicht aufpasste, würde sie ihm wieder auf den Leim gehen.

4. Kapitel

»Santa Claus?«

Die helle Stimme von Elfe-Sieben, seiner Assistentin, riss den Weihnachtsmann aus der konzentrierten Arbeit an den Wunschzettel-Emails, die er gerade beantwortete.

»Ja, was gibt es?« Neugierig blickte er die kleine Elfe an, die daraufhin an seinen Schreibtisch trat und ihm einen Computerausdruck reichte. »Hier ist der neueste Bericht von Elf-Zwei und Elfe-Acht. Sie haben ihre aktuelle Kundschafter-Runde beendet und alle Beobachtungen aufgeschrieben. Und Elf-Dreizehn lässt ausrichten, dass er die Video-Überwachungsbildschirme morgen anschließen kann.«

»Sehr gut! Wir sind dieses Jahr ein bisschen spät dran, fürchte ich. Die neue Fabrikhalle hat uns ziemlich aufgehalten.« Santa Claus warf einen Blick auf den Bericht seiner Kundschafter-Elfen, nickte zufrieden vor sich hin, bis er den letzten Abschnitt las. »Das gibt's doch nicht! Das Christkind liegt jetzt schon mit fünf glücklichen Menschen vorn? Wie hat es das denn so schnell geschafft?« Er hob seinen Blick von dem Bericht. »Elfe-Sieben, bitte hol Elf-Dreizehn sofort hierher. Er muss die Bildschirme noch heute Abend anschließen. Und berufe bitte für morgen früh eine Versammlung der Elfenbrigade ein. Es kommt ja gar nicht in Frage, dass das Christkind unsere kleine Wette gewinnt. Wir müssen unsere Anstrengungen umgehend verdoppeln.«

»In Ordnung, Santa. Aber Elf-Dreizehn ist noch mit der Wartung deines Schlittens beschäftigt. Ich weiß nicht, ob er heute noch Zeit für die Bildschirme hat.«

»Ach was, dann soll er den Schlitten morgen fertigmachen. Die Bildschirme sind jetzt wichtiger.« Der Weihnachtsmann deutete auf den Stapel Wunschzettel neben seinem Computer. »Die Erfüllung dieser Wünsche hat jetzt höchste Priorität. Sag ihm das.«

»Okay, Santa, bin schon unterwegs.« Die kleine Elfe drehte sich um und huschte aus dem Büro des Weihnachtsmanns.

Santa Claus strich sich nachdenklich durch den langen weißen Bart und überlegte bereits fieberhaft, wie er den Vorsprung des Christkindes so rasch wie möglich aufholen konnte.

5. Kapitel

»Also wenn du mich fragst, liegt da bei euch eine ganz schöne Spannung in der Luft«, befand Julia und kuschelte sich an die Seite ihres Mannes. Daniel hatte den Arm um ihre Schulter gelegt; gemeinsam gingen sie den einsamen Pfad im Park entlang und sahen ihrem Schäferhundmischling Nick dabei zu, wie er eifrig in den Büschen längs des Weges schnüffelte.

Daniel lachte. »Kein Wunder. Hat Irina dir erzählt, wie es zwischen den beiden rundgegangen ist, als sie noch gemeinsam zur Schule gegangen sind? Es ist ein Wunder, dass es keine Toten gegeben hat. Sie mussten sogar mehrmals bei der Rektorin vorstellig werden, weil sie mit ihren Streitereien den Unterricht gestört haben. Und so etwas von fast Erwachsenen! Ruhe ist erst eingekehrt, als sie das Abitur hatten und Lars von hier wegzog.«

»Ja, sie hat es mir erzählt.« Julia seufzte und legte den Kopf an Daniels Schulter. »Irgendwie kann ich sie verstehen. Wenn mir jemand so etwas angetan hätte – ich weiß nicht, wie ich reagiert hätte.«

»Angetan?« Verblüfft blieb Daniel stehen und sah seine Frau an. »Was soll er ihr denn angetan haben? Sie haben sich gegenseitig ordentlich die Federn gerupft – bei jeder sich bietenden Gelegenheit.«

»Das mag ja sein, aber die Sache auf der Fahrt nach Prag …«

»Moment mal, was für eine Sache meinst du?«

Julia biss sich auf die Lippen. »Oh oh. Du weißt gar nichts davon?«

»Wovon weiß ich nichts?«

Julia zögerte. »Na ja, dass die beiden einmal miteinander …« Sie brach ab und schwieg bedeutsam.

Daniel runzelte die Stirn. »Was soll das heißen?« Schließlich dämmerte es ihm; entsetzt stieß er die Luft aus. »Du meinst, die beiden haben …«

»Auf der Jahrgangsfahrt nach Prag, ja. Bitte verrate Irina nicht, dass ich das ausgeplaudert habe. Ich glaube nicht, dass sie sehr glücklich darüber wäre. Aber ich dachte wirklich, dass du davon weißt. Ihr erzählt euch doch sonst auch alles.«

Daniel nickte, kratzte sich gleichzeitig am Kopf. »Aber warum um alles in der Welt sind sie sich dann weiterhin an die Kehle gegangen?«

»Weil sie erfahren hat, dass er sie nur hereinlegen wollte.«

»Wie bitte?« Empört starrte er sie an. »Ich höre wohl nicht recht! Und dieser Mistkerl wagt es, sich in unserer Firma zu bewerben? Ich drehe ihm den Hals um, sobald …«

»Schsch! Bitte nicht, Daniel.« Julia legte ihrem Mann rasch eine Hand auf den Arm und drückte ihn leicht. »Vergiss nicht, offiziell habe ich dir nichts davon erzählt. Ich schätze, sie hat es ihm längst mit Zins und Zinseszins zurückgezahlt.«

Resigniert stieß Daniel die Luft aus. »Ja, vermutlich hat sie das. Irina ist nicht der Typ Frau, der so etwas auf sich sitzenlässt.« Langsam ging er weiter, ergriff dabei Julias Hand. »Trotzdem könnte ich ihm den Hals umdrehen. Wie konnte er es wagen, meiner kleinen Schwester so etwas anzutun? Wenn er ihr auch nur noch ein einziges Mal näher als fünf Schritte kommt, sehe ich mich gezwungen, ihn zu kastrieren.«

Julia lachte auf. »O Gott, bitte nicht! Ich bin mir nicht sicher, ob du Irina damit einen Gefallen tun würdest.«

»Irina? Was hat sie damit zu tun? Lars ist es, den ich bluten sehen will.« Daniel runzelte grimmig die Stirn und reizte Julia zu erneutem Gelächter.

»Ich glaube, es wäre besser, wir hielten uns da ganz heraus, Daniel. Wie ich schon sagte, da herrscht eine ziemliche Spannung zwischen den beiden.«

Wieder blieb Daniel stehen. »Du sagst das in einem merkwürdigen Ton. Glaubst du etwa, er will sich noch einmal an sie heranmachen?«

»Ich glaube gar nichts. Aber da ist etwas zwischen den beiden, davon bin ich überzeugt. Seit er neulich Abend bei ihr war, schleichen die beiden umeinander herum wie zwei Wildkatzen auf der Pirsch.«

»Hat sie dir etwas erzählt?«

»Nein.« Julia schüttelte den Kopf. »Aber ich habe Augen im Kopf, mein Schatz. So, wie er sie immer ansieht …«

»Er soll sie gefälligst in Ruhe lassen«, brummte Daniel. »Wenn er es wagen sollte, noch einmal so eine Sache abzuziehen, kriegt er es mit mir zu tun.«

»Ich bin mir nicht sicher, ob er eine Sache abzieht«,

sagte Julia, während sie beobachtete, wie Nick unter einem Strauch nach einer Maus buddelte. »Mir scheint, da steckt ein bisschen mehr dahinter.«

6. *Kapitel*

Stöhnend kroch Irina aus der Nische unter der Treppe hervor, in der sich ein kleiner Stromverteilerkasten befand. »Was hat sich Janus nur dabei gedacht, die Anschlüsse hier entlangzulegen?«, murmelte sie, obwohl sie selbst wusste, dass diese versteckte Ecke ideal war. Wenn alle Kabel korrekt verlegt waren, würde niemand jemals wieder in diese Nische kriechen müssen.

»Es ist doch immer wieder ein hübscher Anblick, wenn eine Frau vor mir auf den Knien herumrutscht«, vernahm sie in diesem Moment eine ihr nur allzu bekannte Stimme. Verärgert blickte sie zu Lars auf, der feixend auf sie herabblickte. Dann streckte er jedoch eine Hand aus, um ihr aufzuhelfen. Widerwillig ergriff sie sie; mit einem Ruck zog er sie auf die Füße.

»Gewöhn dich besser nicht daran«, brummelte sie.

»Alles in Ordnung mit dem Verteiler?«

»Sieht so aus. Ich schätze, für heute sind wir hier fertig.«

»Gut. Deine Brüder sind mit dem Van bereits abgerückt.«

»Was? Verflixt, warum hast du sie nicht aufgehalten?« Irina stemmte erbost die Hände in die Hüften. »Du weißt genau, dass ich heute nicht mit dem Auto hier bin. Kannst du mir verraten, wie ich jetzt nach Hause kommen soll?«

Lars legte nur den Kopf auf die Seite und lächelte. »Wie wär's mit mir?« Bevor sie protestieren konnte, hob er rasch die Hand. »Du kannst natürlich auch ein teures Taxi rufen. Aber unter einer kleinen Bedingung wäre ich bereit, dich kostenlos nach Hause zu fahren.«

Zwischen Irinas Augen bildete sich eine steile Falte. »Was für eine Bedingung?«

In Lars' Augen glitzerte es. »Dass wir vorher eine Kleinigkeit essen. Mir hängt der Magen in den Kniekehlen. Und wenn ich es richtig mitbekommen habe, hast auch du seit der Frühstückspause nichts mehr gegessen.«

Irina verzog die Lippen. »Da hast du leider recht. Also gut, lass uns irgendwo einen Happen essen, aber dann muss ich wirklich nach Hause. Ich habe noch einen Haufen Berechnungen für morgen zu machen. Außerdem muss ich noch den Adventskalender …« Verlegen brach sie ab, wandte sich zum Gehen. Lars folgte ihr schweigend zu seinem Auto, öffnete ihr die Tür und wartete, bis sie auf dem Beifahrersitz Platz genommen hatte, bevor er sich selbst hinters Steuer setzte. Von der Seite sah er sie neugierig an, ehe er den Motor startete und anfuhr. »Was für ein Adventskalender?«

Irina kräuselte die Lippen und ärgerte sich, dass sie davon angefangen hatte. »Ich bin dieses Jahr an der Reihe, für die Familie einen Adventskalender zusammenzustellen. Oder vielmehr einen Advents- und Chanukka-Kalender, weil wir ja …«

»Ich weiß, ihr seid zur Hälfte jüdisch.«

»Es ist so eine Tradition bei uns. Jedes Jahr ist ein

anderes Familienmitglied an der Reihe.« Irina zuckte mit den Schultern. »Letztes Jahr war Lidia dran. Sie hat lauter kleine Päckchen aus Toilettenpapierrollen gebastelt, die sie als Weihnachtsmänner dekoriert hat. Das muss eine Heidenarbeit gewesen sein, wenn man bedenkt, wie groß unsere Familie ist. Sie hat monatelang die Rollen von allen Familienmitgliedern gesammelt.«

»Und was hast du vor?«

Wieder zuckte Irina die Achseln. »Das ist es ja, ich habe keine Ahnung, und so langsam drängt die Zeit. Ich will mir heute Abend in Ruhe etwas überlegen.«

»Das geht ganz sicher besser mit vollem Magen«, befand Lars.

Irina nickte vage, froh, dass er sich über die Adventskalender-Tradition nicht lustig gemacht hatte. Früher hätte er es getan, da war sie sich ganz sicher.

»Pizza oder Burger?«, fragte sie.

Lars schmunzelte. »Weder noch.«

Sie hob überrascht den Kopf, schwieg aber und wartete einfach ab, wohin er fuhr. Als er fünf Minuten später in eine ruhige Wohngegend abbog und schließlich vor einem schmucken Mehrfamilienhaus in der Nähe des Parks anhielt, kniff sie die Augen zu schmalen Schlitzen zusammen. »Was soll das? Wo sind wir?«

»Hier wohne ich.« Lars stieg aus, umrundete rasch das Auto und öffnete Irina die Tür.

»Ich dachte, wir würden noch irgendwo etwas essen gehen.«

»Das tun wir auch, nur, dass ›irgendwo‹ eben bei mir zu Hause ist.«

Misstrauisch blickte Irina zu ihm auf, stieg langsam aus dem Auto. »Und wenn ich mich weigere, deine Wohnung zu betreten?«

»Dann musst du leider hungrig bleiben und frieren«, war seine lapidare Antwort. Er lächelte ermunternd. »Komm schon, du wirst es bestimmt nicht bereuen.« Mit ausholenden Schritten ging er auf die Haustür zu und schloss sie auf.

Irina folgte ihm etwas langsamer. Irgendwie war sie sich nicht sicher, ob sie nicht jetzt schon bereute, hier zu sein.

»Nimm doch Platz«, forderte Lars Irina auf, nachdem er ihren Mantel an einen der Garderobenhaken gehängt hatte. Er deutete auf den großzügigen Wohnbereich seiner Studiowohnung. »Ich kümmere mich ums Essen.«

Irina setzte sich auf die Kante der schwarzen Ledercouch, noch immer etwas unsicher, wie sie sich verhalten sollte. »Was hast du vor?«

Lars hatte sich bereits in die nur durch einen breiten Durchgang und eine Theke vom Wohnraum getrennte Küche begeben. »Ich hatte an ein paar saftige Steaks gedacht, dazu Folienkartoffeln und ein kleiner Salat. Dauert keine zwanzig Minuten.«

»Du willst kochen?«

Grinsend blickte Lars um die Ecke eines Küchenschranks. »Ich will und ich kann, ja. Magst du ein Glas Wein?«

Etwas ratlos hob Irina die Schultern. »Warum nicht?«

Wenig später kam Lars zu ihr und reichte ihr ein Glas Rotwein, prostete ihr mit seinem Glas lächelnd zu und ging gleich wieder zurück in die Küche. Irina blickte ihm mit gemischten Gefühlen nach. Nach wie vor fragte sie sich, was er wohl im Schilde führen mochte. Wollte er ihr nach der einfachen Tiefkühlpizza, die sie ihm neulich vorgesetzt hatte, zeigen, dass er sie in der Küche übertrumpfen konnte? Dazu musste er sich allerdings nicht allzu sehr anstrengen. Bis auf die rudimentären Grundrezepte war Kochen für Irina eine fremde Welt. Sie brachte eine einigermaßen nahrhafte Mahlzeit zusammen, da sie jedoch meist für sich allein war, legte sie nicht allzu großen Wert auf Abwechslung oder Geschmack. Und oft arbeitete sie so lange, dass sie einfach keine Lust mehr hatte, sich an den Herd zu stellen. Ihre Mutter redete zwar regelmäßig mit Engelszungen auf sie ein und versorgte sie mit einfachen, aber, wie sie behauptete, schmackhaften Rezepten, doch diese fristeten ein trübes Dasein in einem kleinen Schuhkarton auf dem Küchenschrank. Wenn die Familie zu einer der unzähligen Feiern zusammenkam, half Irina gerne bei den Vorbereitungen, schnippelte massenweise Gemüse oder schälte Kartoffeln, aber das Kochen überließ sie lieber den anderen. Lidia war da ganz anders. Sie liebte es, zu kochen, zu backen, mit ihrer Mutter oder den Schwägerinnen Rezepte auszutauschen. Irina gönnte ihnen den Spaß, wenn sie ihn auch nicht ganz nachvollziehen konnte.

Nun stand Lars dort drüben in seiner Küche und

hantierte; es klang, als wüsste er ganz genau, was er tat. Als sie der Versuchung nicht mehr länger widerstehen konnte, stand Irina auf und ging hinüber zum Tresen, um ihm zuzuschauen. Er hatte eine dunkelblaue Schürze umgebunden und war gerade dabei, die offenbar schon vorgegarten Kartoffeln geschickt in Alufolie zu wickeln und unter den Grill in seinem Backofen zu schieben. Dann wandte er sich dem Fleisch zu, das auf der Anrichte bereitlag.

Bisher hatte Irina Schürzen immer für unmännlich gehalten, doch nun musste sie sich eingestehen, dass Lars darin irgendwie ... sexy wirkte. Entsetzt über den Weg, den ihre Gedanken so unverhofft eingeschlagen hatten, richtete sie ihren Blick rasch auf die Pfanne auf dem Herd. Lars hatte soeben das Fleisch hineingegeben. Das Fett zischte auf. Er schaltete die Abzugshaube ein, so dass ein leises Summen erklang. Lächelnd wandte er ihr den Kopf zu und zwinkerte. »Wenn du dich nützlich machen möchtest, könntest du schon mal den Tisch decken«, schlug er vor.

Froh, nicht ganz nutzlos herumzustehen, stellte Irina rasch ihr Weinglas auf den rechteckigen Esstisch und ging zum Geschirrschrank, durch dessen Glastüren sie ordentliche Stapel weißer Teller und Tassen erkannte. Nachdem Lars ihr noch gezeigt hatte, in welcher Schublade sich sein Besteck befand, war der Tisch rasch gedeckt.

Irina griff erneut nach ihrem Glas, allerdings mehr, um etwas in der Hand zu halten. Inzwischen hatte er aus Eisbergsalat, Paprikastreifen und Mais in Windeseile einen appetitlichen Salat gemischt. Geschickt wendete er die Steaks, stellte den Salat auf den Tisch und holte dann die

Kartoffeln aus dem Ofen, gab je eine auf die Teller, stellte ein Schälchen mit Kräuter-Dip dazu und kümmerte sich erneut um die Steaks.

Irina lehnte sich gegen den Tresen. »Sollte ich jetzt beeindruckt sein?«

Über die Schulter warf Lars ihr einen kurzen Blick zu. Er antwortete nicht sofort, sondern würzte erst noch die Steaks, gab sie auf die Teller. Nachdem er die Pfanne weggestellt hatte, band er die Schürze los und hängte sie an einen Haken neben dem Herd. Er hatte den leicht defensiven Ton in Irinas Stimme wahrgenommen und überlegte sich genau, wie er darauf reagieren würde, damit sie nicht erneut in einen unsinnigen Streit gerieten.

»Wozu sollte ich dich wohl beeindrucken wollen? Noch dazu mit etwas wie diesem simplen Essen? Ich dachte nur, es wäre nett, mich für das Essen neulich bei dir zu revanchieren.«

»Aha.« Sie warf ihm einen misstrauischen Blick zu, setzte sich jedoch auf seinen Wink hin. Nachdem sie einen Bissen von ihrem Steak gekostet hatte, hob sie den Kopf. »Simpel, ja?«

Lars lächelte. »Oft sind die einfachen Dinge die besten.«

Eine Weile aßen sie schweigend; Irina konnte nicht umhin, die Mahlzeit zu genießen. Allerdings wurde sie sich gleichzeitig bewusst, dass sie noch immer in ihrem Arbeitsoverall steckte, während Lars sich bereits auf der Baustelle umgezogen hatte und nun Jeans und einen dunkelbraunen Kaschmirpullover anhatte.

Sie schluckte den Bissen hinunter, den sie gerade kaute.

»Das nächste Mal sollte ich mich vielleicht ein wenig angemessener kleiden, wenn du mich schon durchfütterst.«

Lars ließ seine Gabel sinken und sah sie mit einem warmen Lächeln an, das ihren Blutdruck leicht ansteigen ließ. »Du darfst gerne tragen, was immer dir beliebt – wenn du mir versprichst, dass es ein nächstes Mal geben wird.«

Irina hätte sich am liebsten auf die Zunge gebissen, als ihr klarwurde, dass sie einen Fehler gemacht hatte.

Da Lars jedoch nichts weiter dazu sagte, schwieg auch sie und konzentrierte sich wieder auf ihren Teller. Erst als sie ihn geleert hatte, hob sie den Kopf wieder und begegnete prompt Lars' Blick, der offenbar schon eine Weile auf ihr geruht hatte. Fragend hob sie die Augenbrauen. »Was ist?«

Er nahm die Weinflasche und füllte ihr Glas auf, gab in sein eigenes jedoch nur noch einen Schluck und füllte dann mit Mineralwasser auf. »Damit ich gleich noch fahren kann«, erklärte er und hob das Glas. »Wie wäre es mit einem kleinen Toast?«

Unsicher nahm auch Irina ihr Glas. »Worauf?«

»Auf Hoteldirektor Sternbach«, antwortete er grinsend. »Ohne den ich vermutlich nicht so leicht die Stelle in eurer Firma bekommen hätte.«

»Wir hätten auch ohne diesen Großauftrag noch jemanden eingestellt.«

»Vielleicht. Aber der Auftrag hat es zumindest beschleunigt. Und ich bin sehr froh darüber.« Er tippte mit dem Rand seines Glases leicht gegen ihres und trank einen Schluck.

Irina stellte die Teller zusammen und trug sie zur Spüle; Lars folgte ihr.

»Danke fürs Essen«, sagte sie und reichte ihm das Geschirr, das er in die Spülmaschine stellte. »Es hat sehr gut geschmeckt. Wo hast du kochen gelernt?«

»Meine Mutter hat darauf bestanden, es mir beizubringen.« Er lächelte leise. »Sie meinte, dies sei unerlässlich, wenn ich schon ganz allein in die große weite Welt ziehen wolle.«

»Leben deine Eltern noch hier in der Stadt?«

»Nach wie vor in unserem alten Haus, ja.«

»Vermutlich sind sie froh, dass du wieder hier bist.«

»Allerdings.« Lars schmunzelte. »Ihr Empfang war deutlich wärmer als der einer gewissen anderen Person.«

Abrupt drehte Irina sich um und ging zum Tresen, um etwas Abstand zwischen sich und ihn zu bringen. »Was hast du erwartet? Dass ich dir um den Hals falle?«

»Irina ...«

»Wenn ich dich daran erinnern darf, waren die letzten Worte, die du zu mir gesagt hast, nicht allzu freundlich.«

»Du warst ebenfalls nicht die Höflichkeit in Person damals.«

»Du hast mich Pissnelke genannt.«

Lars' Mundwinkel zuckten, schließlich lachte er. »Das hatte ich ganz vergessen.« Er trat ein paar Schritte auf sie zu. »Aber jetzt, wo du es erwähnst, fällt mir ein, dass du mir ebenfalls den einen oder anderen nicht ganz salonfähigen Namen an den Kopf geworfen hast.«

»Du wirst es schon verdient haben.«

»Mhm. Vielleicht.«

Der nachdenkliche Ton in seiner Stimme ließ Irina aufmerken. »Schön, dass du es wie ich siehst. Einsicht ist ja bekanntlich der erste Schritt zur …« Erschrocken rang sie nach Luft, als er mit einem weiteren Schritt plötzlich dicht vor ihr stand. Da sich hinter ihr der Tresen befand, hatte sie keinerlei Möglichkeit, ihm auszuweichen. »Was soll das?«

»Weißt du, was mir an dir schon immer gut gefallen hat? Deine Augen. Dieses tiefe Blau mit den dunklen Einsprengseln. Je nach Lichteinfall oder Stimmung verändern sie die Farbe ein wenig.«

Seine Stimme hatte wieder diesen tiefen, rauchigen Ton angenommen, der Irina eine Gänsehaut verursachte. Ihr Herzschlag verdoppelte seine Frequenz, und sie war sicher, dass man ihn an ihrer Halsschlagader erkennen konnte. »Hör auf damit«, brachte sie mit einiger Anstrengung hervor. Leider schwankte ihre Stimme mehr, als ihr lieb war.

»Womit?« Obgleich er sich nicht bewegt hatte, schien es ihr, als sei der Abstand zwischen ihnen noch ein wenig geschrumpft.

»Damit.« Sie machte eine unbestimmte Geste mit der rechten Hand.

»Warum?« Er ergriff ihre Hand mit seiner Linken und hielt sie fest. »Wovor hast du Angst?«

Mit der Rechten zog er sie an sich und blickte ihr tief in die Augen.

Irina schluckte und versuchte, einen klaren Gedanken zu fassen. Wie um alles in der Welt war sie in seine Arme geraten? Und warum spielte ihr Herz deswegen derart verrückt? Eines war ihr klar, wenn sie nicht umgehend die Flucht ergriff, würde sie sich mehr Probleme einhandeln, als ihr lieb sein konnten.

Sie spürte, wie seine Hand langsam ihren Rücken hinauf- und wieder hinabstrich. Ihr Körper reagierte darauf mit einem Erschauern, das sie nicht kontrollieren konnte. »Lass die Finger von mir, Reuther!« Ihre Stimme klang noch immer gepresst, jedoch einigermaßen fest.

Er lächelte herausfordernd. »Nur wenn du endlich anfängst, meinen Vornamen zu benutzen.«

Irina stieß einen halb aufgebrachten, halb verzweifelten Laut aus. »Lars, ich …«

Bevor sie weitersprechen konnte, trafen seine Lippen auf die ihren und verschlossen sie. Für einen kurzen Moment erstarrte sie, presste eine Hand gegen seine Brust, um ihn von sich zu schieben. Doch wieder schien ihr Körper die Kontrolle über ihren Willen zu übernehmen. Als seine Lippen sanft, aber bestimmt über ihren Mund wanderten, schienen tausend elektrische Ladungen durch sie hindurchzufließen. Ihr Widerstand erlahmte, und sie ließ es zu, dass er den Kuss noch vertiefte.

Das hatte er nicht geplant. Als er spürte, wie Irina in seinen Armen nachgab, geriet sein Blut heftig in Wallung. Ihr Geruch, der Geschmack ihrer Lippen, ihr schlanker Körper, der sich an seinen presste, waren beinahe zu viel für seine Selbstbeherrschung. Er hatte sie ein wenig herausfordern wollen, doch dies hier war weit mehr, als er sich erhofft hatte. Weit mehr, als vielleicht gut war. Unter

Auferbietung seiner ganzen Kraft löste er seine Lippen wieder von ihrem Mund und trat einen Schritt zurück, um ihnen beiden ein wenig Raum zum Atmen zu geben.

Ihr verschleierter Blick – eine Mischung aus Verwirrung und Begehren – machte es ihm nicht gerade leicht. Er räusperte sich und bemühte sich um einen leichten, unverfänglichen Ton. »Wie wäre es mit kurzen Sinnsprüchen auf Schriftröllchen?«

Irina starrte ihn nur an und bemühte sich sichtlich, ihre Fassung wiederzuerlangen. »Bitte was?«, krächzte sie schließlich. »Wovon redest du?«

Wie selbstverständlich ergriff er wieder ihre Hand und zog sie einfach mit sich zu seinem Arbeitszimmer. »Von dem Adventskalender«, sagte er über die Schulter und grinste über ihr verständnisloses Gesicht. »Erinnerst du dich, das hat mal eine Lehrerin für uns gemacht. In der zehnten Klasse muss es gewesen sein. Für jeden Tag und jede Person immer eine kleine Schriftrolle mit einem Sinnspruch. Wir können gleich mal googeln und, wenn wir welche finden, sofort ein paar Sprüche ausdrucken.«

»Ah …« Irina blieb mitten in seinem kleinen Büro stehen und sah ihm dabei zu, wie er den Computer einschaltete und den Internetbrowser öffnete. Noch immer hatte sie sich nicht ganz von dem Kuss erholt, doch da er ihn mit keiner Silbe mehr erwähnte, beschloss sie, sich ebenfalls zusammenzureißen und die Sache einfach zu vergessen. »Die Idee ist nicht schlecht, aber du brauchst jetzt wirklich nicht …«

»Irina, setz dich.« Er wies auf einen der beiden Stühle,

die im Raum standen. »Du kennst deine Familie besser als ich. Sollen es mehr biblische Sprüche sein oder vielleicht auch etwas aus der Thora? Oder lieber philosophische Weisheiten?« Er tippte etwas auf der Tastatur, Augenblicke später öffnete sich ein Portal, auf dem jemand jüdische Weisheiten gesammelt hatte. Lächelnd drehte er sich zu ihr um. »Oder vielleicht von allem etwas?«

7. Kapitel

Ratlos sank Irina auf ihre Bettkante und starrte vor sich hin. Hatte sie tatsächlich erneut einen ganzen Abend mit Lars verbracht und es sogar genossen? Nachdem sie sich für seine Idee mit den Schriftröllchen erwärmt hatte, war die Zeit wie im Flug vergangen. Sie hatten unzählige Seiten mit passenden Sprüchen im Internet gefunden. Lars hatte schließlich vorgeschlagen, die besten Ergebnisse in einer Datei auf einem USB-Stick zu speichern, damit sie sie zu Hause leichter bearbeiten konnte. Gegen zehn hatte er sie dann zu ihrer Wohnung gefahren und sogar noch bis zur Haustür begleitet. Doch obgleich sie den Eindruck gehabt hatte, dass er kurz davor gewesen war, sie noch einmal zu küssen, hatte er es unterlassen. Sie war sich nicht ganz sicher, ob sie froh sein oder sich über sein merkwürdiges Verhalten ärgern sollte.

Schließlich entschied sie sich fürs Ärgern, allerdings mehr über sich selbst als über Lars. Irina kickte die Arbeitsschuhe von den Füßen und schälte sich aus dem

Overall, der in hohem Bogen im Wäschekorb landete. Was war es nur, das sie nach all der Zeit noch immer zu ihm hinzog? Er hatte sie damals in einer Weise behandelt, die es ihr eigentlich unmöglich machen müsste, auch nur noch ein sympathisches Haar an ihm zu finden. Dennoch hatte sie einen vergnüglichen Abend mit ihm verlebt. Wenn es nicht ausgerechnet Lars wäre, würde sie nach den vergangenen Stunden annehmen, dass er versuchte, ihr ernsthaft näherzukommen. Doch es war Lars – und ihr Verstand riet ihr eindringlich, alles, was mit ihm zu tun hatte, mit äußerster Vorsicht zu genießen. Zwar waren neun Jahre eine lange Zeit, doch ob er sie genutzt hatte, um sich grundsätzlich zu ändern, bezweifelte Irina. Wenn sie sich also nicht noch einmal das Herz von ihm brechen lassen wollte, bliebe sie wohl besser auf der Hut und erlaubte ihm vor allem nicht noch einmal, ihr so nahezukommen wie heute.

Erschöpft von dem emotionalen Auf und Ab des heutigen Tages kroch sie unter ihre Decke und löschte das Licht. Dass sein Gesicht umgehend vor ihrem inneren Auge erschien, als sie die Lider schloss, nahm sie resigniert zur Kenntnis. Auch die Erinnerung an die Gefühle, die seine Lippen auf den ihren in ihr ausgelöst hatten, kehrte zurück und begleitete sie bis hinein in ihre Träume.

Daniel hob den Kopf von einer Zeichnung, als er den lauten Fluch seiner Schwester aus dem unteren Geschoss des Hotels vernahm, und blickte zu Lars hinüber, der gerade dabei war, ein Loch in die Wand zwischen zwei Räumen der Suite zu bohren. »Oh oh«, sagte er laut genug, dass sein Kollege es hören konnte.

»Hm? Was?« Lars drehte sich um und ließ die Bohrmaschine sinken. »Hast du was gesagt?«

»Nicht wirklich«, antwortete Daniel feixend. »Und ich werde mich auch schön raushalten.«

»Wo raushalten?«

»Wenn die Furie dir den Kopf abreißt.«

Verständnislos schüttelte Lars den Kopf. »Wovon sprichst du eigentlich?«

Daniel grinste. »Von Irina. Ich an deiner Stelle würde mich warm anziehen.« Er deutete vielsagend auf die Bohrmaschine.

Erneut hörte man eine weibliche Stimme fluchen, dann einen zornigen Ausruf: »Reuther!«

»Ich glaube, ich verziehe mich lieber«, beschloss Daniel und rollte die Zeichnung zusammen. »Ich habe nämlich keine Lust, von einem Querschläger getroffen zu werden. War schön, dich gekannt zu haben.« Grinsend ging er in Richtung Tür, durch die in diesem Moment Irina hereinstürmte und ihren Bruder beinahe über den Haufen rannte. Sie beachtete ihn jedoch gar nicht, sondern stürzte sich, ohne zu zögern, auf Lars und entriss ihm die Bohrmaschine.

»Kannst du nicht lesen?«, fuhr sie ihn an und deutete erbost auf den Aufkleber auf der Maschine, auf der in Rot die Buchstaben *I. R.* vermerkt waren. »Finger weg von allem Werkzeug, auf dem meine Initialen stehen. Glaubst du, ich habe es nur zum Spaß gekennzeichnet? Wenn ihr

Kerle es in die Hände bekommt, ist es kaputt, noch bevor ich bis zehn zählen kann.«

»He, he, immer mit der Ruhe. Mit der Maschine ist alles in Ordnung. Es war gerade keine andere verfügbar, deshalb …«

»Das interessiert mich nicht, Reuther. Ich brauche den Schlagbohrer, also sieh zu, wo du einen anderen herbekommst.«

»Ich bin hier beinahe fertig«, versuchte Lars es mit Vernunft. »Nur noch dieses eine Loch, danach kannst du die Maschine wiederhaben. Außerdem solltest du doch eigentlich dabei sein, die Leerrohre im Rezeptionsbereich zu verlegen. Wozu benötigt man da eine Schlagbohrmaschine?«

»Wie, glaubst du, komme ich durch die Wand zu den Büros?«, fauchte Irina.

»Schon gut, Irina. Reg dich ab.« Lars lächelte über Irinas zornig funkelnde Augen. »Kann es sein, dass du schlecht geschlafen hast, oder warum lässt du deine schlechte Laune an deinen unschuldigen Mitmenschen aus?«

»Ich lasse meine Laune an niemandem aus.«

»Na, zumindest gibst du es zu.«

»Was gebe ich zu?«

»Dass du schlechtgelaunt bist. Wenn du mir den Grund verrätst, kann ich dir vielleicht einen Tipp zur Abhilfe geben.«

»Du kannst mich mal, Reuther.«

Das Lächeln auf Lars' Lippen verbreiterte sich zu einem Grinsen. »So verlockend dieses Angebot auch klingen mag, halte ich diesen Ort hier für nicht ganz passend, mein Schatz.«

Irina schnappte nach Luft. »Wag es nicht, mich so zu nennen, Reuther!« Sie trat auf ihn zu und versuchte, ihm die Bohrmaschine zu entreißen.

Lars drehte sich zur Seite und hielt die Maschine außerhalb ihrer Reichweite. »Ich dachte, wir wären übereingekommen, dass ich einen Vornamen besitze«, sagte er.

»Gib mir sofort den Schlagbohrer!«

»Offenbar bist du ein bisschen vergesslich, mein Schatz.«

Irina kochte vor Wut. »Wenn du mich noch einmal Schatz nennst …«

»Was dann?«

»Dann wird es dir sehr leidtun, Reuther«, zischte sie.

»Das glaube ich weniger. Allerdings habe ich den Eindruck, dass ich deiner Erinnerung ein wenig auf die Sprünge helfen sollte.«

Ehe Irina sich versah, hatte Lars sie mit dem freien Arm an sich gezogen. Die Bohrmaschine legte er auf dem Tisch ab, um Irina mit beiden Armen festzuhalten. Sie wehrte sich erbost, musste jedoch feststellen, dass er um einiges kräftiger war als sie. Zudem ließ die plötzliche Nähe zu ihm ihr Herz heftig gegen ihre Rippen pochen. Zwar redete sie sich ein, dass dies einzig ihrer Wut zuzuschreiben war, in Wahrheit wusste sie jedoch, dass es vielmehr die Tatsache war, gegen seine harte Brust gepresst zu werden, die ihr Blut durch ihre Adern rauschen ließ.

»Lass mich gefälligst los, Reuther!«

»Ah ah.« Lächelnd blickte Lars auf sie herab und hielt sie weiterhin mühelos fest. Als ihr Blick den seinen traf, stockte ihr für einen Moment der Atem. Seine braunen Augen hatten sich verdunkelt und funkelten zugleich herausfordernd. »Du kommst hier nicht weg, bevor du ihn nicht ausgesprochen hast.«

»Ihn?« Ihre Stimme klang unnatürlich kratzig.

Lars' Tonfall wurde gefährlich dunkel. »Meinen Vornamen, Irina.«

Sie wand sich. »Das ist doch lächerlich.«

Sein Griff wurde eine Spur fester. »Ich habe Zeit, mein Schatz.«

In Irina stieg ein leichtes Gefühl von Panik auf. »Hör zu, Lars …«

»Aha.« Lächelnd senkte er seine Lippen auf ihren Mund, bevor sie weitersprechen konnte.

Irina stieß einen überraschten Laut aus, war jedoch nicht in der Lage, ihm auszuweichen. Der Druck seiner Lippen verstärkte sich, gleichzeitig lockerte sich sein Griff. Seine rechte Hand wanderte hinauf in ihren Nacken und streichelte die empfindliche Haut unterhalb ihres Haaransatzes.

Irina wusste, dass sie jetzt die Gelegenheit hatte, ihn von sich zu stoßen. Warum sie es nicht sofort tat, wusste sie nicht.

Daniel hatte vom Eingang der Suite aus feixend dem kleinen Tobsuchtsanfall seiner Schwester gelauscht. Er wusste, wie eigen sie war, was ihr Werkzeug anging, und es schadete gewiss nicht, wenn sie Lars ein wenig anfauchte. Noch immer versuchte er sich darüber klarzuwerden, was er von dem neuen Kollegen halten sollte. Was Julia ihm kürzlich über die Vergangenheit der beiden erzählt hatte, steckte noch immer wie ein Stachel in seinem Fleisch, obwohl Lars ihm keinerlei Grund gab, anzunehmen, er führe etwas im Schilde.

Als der Streit zu eskalieren drohte, beschloss Daniel, sich aus dem Dunstkreis der beiden zu entfernen, um nicht doch noch ungewollt Schläge zu kassieren. Dann jedoch sah er, wie Lars Irina in seine Arme zog und festhielt, und kniff misstrauisch die Augen zusammen. Beinahe hätte er sich auf ihn gestürzt, um ihn von seiner Schwester fernzuhalten, hielt sich jedoch gerade noch zurück, als er den Blick in Irinas Augen wahrnahm und die Art, wie Lars ihn erwiderte.

Überrascht von dem, was er sah, hielt Daniel inne; als er einen Moment später Zeuge des außerordentlich zärtlichen Kusses wurde, räusperte er sich leise und machte, dass er wegkam.

Vorsichtig löste Lars seine Lippen wieder von Irinas und blickte ihr prüfend in die Augen; ein beinahe unmerkliches Lächeln umspielte seine Mundwinkel. »Na bitte, so schwer war das doch nicht, oder?« Er gab ihr noch einen raschen Kuss und ließ sie los, um erneut nach der Bohrmaschine zu greifen. Seelenruhig begann er, das letzte Loch zu bohren.

Irina stand einfach da und starrte ihn an. In ihrem

Inneren herrschte heftigster Aufruhr. Ihr Herz und ihre Gefühle waren für einen Moment vollkommen außer Kontrolle geraten. Als Lars mit der Arbeit fertig war und sich wieder zu ihr umdrehte, hoffte sie, ihre Selbstbeherrschung wiedererlangt zu haben.

Lächelnd reichte er ihr die Maschine. »Entschuldige, dass ich sie einfach entführt habe. Ich ging wirklich davon aus, dass du sie heute nicht brauchst.«

Irina straffte die Schultern und reckte das Kinn. »So geht das nicht, Reuther. Du kannst nicht einfach über mich herfallen und … Hey!«

Bevor sie wusste, wie ihr geschah, hatte er sie erneut an sich gezogen. Diesmal hielt er sie fest an den Oberarmen gepackt und blickte ihr etwas gereizt in die Augen. »Offenbar hat die kleine Gedächtnisstütze noch nicht gereicht.«

»Was …?«

»Aber meinetwegen können wir dieses Spielchen beliebig oft wiederholen, Irina.«

»Lass mich los, ich muss arbeiten.«

»Sobald du dich wieder an meinen Vornamen erinnerst, mein Schatz.«

»Du bist ja verrückt.«

»Möglicherweise … nach dir.« In seinen Augen funkelte es gefährlich. »Also – sprichst du ihn aus oder muss ich nachhelfen?«

Das rauchige Timbre seiner Stimme jagte Irina einen Schauer das Rückgrat hinab. Wieder verspürte sie einen leichten Anflug von Panik, gleichzeitig sah sie ein, dass sie sein Spielchen mitspielen musste, wenn sie einigermaßen würdevoll aus dieser Sache herauskommen wollte. »Also gut. Lars. Zufrieden?«

»Fürs Erste.« Anstatt sie sofort loszulassen, näherte er sein Gesicht wieder dem ihren. Als sich ihre Lippen beinahe berührten, lächelte er. »Dieser Teil gefällt mir immer besser.« Sanft verschloss er ihre Lippen erneut mit den seinen, zog sich jedoch schon wenig später wieder zurück. Er wollte nichts übertreiben, außerdem würden sie sonst heute nicht mehr zum Arbeiten kommen.

Ein vernehmliches Räuspern von der Tür her ließ die beiden herumfahren. Janus stand dort und blickte sie sichtlich überrascht an. Irina spürte, wie ihr die Röte in die Wangen kroch. Wie viel mochte ihr Bruder wohl mitbekommen haben? Seinem Blick nach mehr, als ihr lieb sein konnte. Sie machte rasch zwei Schritte von Lars weg, schnappte sich die Bohrmaschine und floh.

Janus runzelte die Stirn, blickte ihr nach und dann zu Lars, der sich kommentarlos wieder seiner Arbeit zugewandt hatte. »Darf ich fragen, was das zu bedeuten hatte?«

Lars drehte sich wieder um und musterte Janus ruhig. »Man könnte es positive Konditionierung nennen.«

»Wie bitte?«

»Ich versuche gerade, Irinas Sturkopf ein wenig zurechtzurücken.«

Janus räusperte sich erneut. »Ach, nennt man das jetzt so?«

Lachend griff Lars nach einem Handfeger, um den Staub und Mörtel, den das Bohren verursacht hatte, zusammenzukehren. »In unserem Fall ja. Wir haben weiß

Gott genug Zeit damit vergeudet, uns gegenseitig das Leben schwerzumachen. Ich finde, es ist allmählich angebracht, etwas Neues auszuprobieren.«

»So, aha.« Janus musterte nun seinerseits seinen neuen Kollegen. Natürlich hatte er bereits mitbekommen, dass sich zwischen Lars und Irina irgendetwas abspielte, und konnte sich auch noch gut an die alte Feindschaft der beiden erinnern. Schließlich zuckte er mit den Achseln und nickte Lars zu. »Dann wünsche ich viel Erfolg.«

8. *Kapitel*

»Schau einer an, den kenne ich doch!«, rief Santa Claus, der gerade dabei war, die Emails auszuwerten, die ihm seine Kundschafterelfen geschickt hatten. Sie hatten etliche Fotos an die Emails angehängt, und auf einem davon hatte der Weihnachtsmann ein ihm nur allzu bekanntes Gesicht erkannt. Ohne den Blick von dem Bild abzuwenden, betätigte er eine Taste an seiner Gegensprechanlage. »Elf-Siebzehn? Bist du da? Elf-Siebzehn, bitte kommen!«

In der Gegensprechanlage knisterte es, dann erklang die schnarrende Stimme des Elfs. »Hier Elf-Siebzehn. Was gibt es?«

»Komm doch bitte mal kurz in mein Büro. Ich will dir etwas zeigen.«

»Sofort, Santa.«

Es dauerte nicht allzu lange, bis Elf-Siebzehn das Arbeitszimmer des Weihnachtsmannes betrat. »Hier bin ich.

Entschuldige meinen Aufzug, aber ich war gerade dabei, den Stall der Rentiere zu reinigen.« Der Elf klopfte sich ein wenig Staub von der Jacke und zupfte sich ein paar Strohhalme aus den Haaren, rückte seine spitze Mütze zurecht. »Was wolltest du mir zeigen?«

»Komm her und schau. Kennst du den hübschen Kameraden noch?«

Neugierig trat der Elf näher und warf einen Blick auf den Computerbildschirm. »Das ist ja Nick! Natürlich erinnere ich mich an ihn. Er hat uns doch vor zwei Jahren so wunderbar geholfen, sein Herrchen glücklich zu machen.«

»So ist es.«

»Und warum ist er jetzt schon wieder auf den Überwachungsfotos? Daniel und Julia sind doch nach wie vor glücklich verheiratet, soweit ich weiß.«

»Sind sie, das habe ich erst kürzlich überprüft«, bestätigte Santa Claus. Nachdenklich rieb er sich das Kinn. »Elf-Zwei und Elfe-Acht haben leider nichts zu dem Foto angemerkt. Sobald sie heute Abend nach Hause kommen, muss ich sie fragen, was es mit dem Bild auf sich hat.«

»Vielleicht wollten sie dir nur eine kleine Freude machen. Der Hund ist doch wirklich lieb, nicht?«

»Ist er, ist er. Aber so kurz vor dem ersten Advent haben die beiden normalerweise keine Zeit mehr für so was. Nein, sie müssen sich etwas dabei gedacht haben, dass sie Nick fotografiert haben.«

»Hoffentlich gibt es keine Schwierigkeiten in Nicks Familie.«

»Das will ich auch nicht hoffen«, brummelte der

Weihnachtsmann besorgt. »Gerade jetzt, wo ich mit zwei glücklichen Menschen in Führung vor dem Christkind liege!«

9. *Kapitel*

»Er hat also für dich gekocht, und jetzt lässt er keine Gelegenheit aus, dich zu küssen«, fasste Julia die Ereignisse der vergangenen Woche zusammen, die Irina ihr gerade bei einer Tasse Tee erzählt hatte.

Irina, die sichtlich angespannt auf ihrer Couch saß, rührte beständig mit dem Löffel in ihrer Tasse herum. »So ähnlich«, antwortete sie zögernd. »Oder nein, ganz so ist es auch nicht. Er fällt immer nur dann über mich her, wenn ich ihn statt bei seinem Vor- bei seinem Nachnamen nenne.«

»Fällt über dich her?« Julia hob die Brauen.

Irina zuckte mit den Achseln. »Na ja, es kommt mir manchmal so vor. Er packt mich einfach und lässt mich nicht eher los, bis …«

»… bis du seinen Vornamen gesagt hast?« Julia lachte leise. »Klingt irgendwie romantisch. Und dann küsst er dich?«

»Leider.«

»He he, wie klingt denn das? Von einem Mann wie Lars kann man sich durchaus mal küssen lassen, oder etwa nicht?«

»Julia!«

»Ja, ich weiß schon, du bist ihm spinnefeind.« Prüfend

musterte Julia ihre Freundin. »Bist du das wirklich noch?« Als Irina nicht darauf antwortete, ging sie rasch zu ihr hinüber und setzte sich neben sie. »Ich kenne ihn ja nicht besonders gut, aber soweit ich es bisher beurteilen kann, ist er ein sehr sympathischer Mann. Gutaussehend noch dazu, und offenbar hat er ein Faible für Romantik.«

»Er ist eine Schlange.«

Julia dachte einen Moment nach. »Vielleicht, vielleicht auch nicht. Irina, ist es dir schon mal in den Sinn gekommen, dass er sich wirklich für dich interessieren könnte und die Vergangenheit hinter sich lassen will?« Als die Freundin den Kopf senkte, ergriff Julia ihre Hand. »Oder ist es möglicherweise genau das, was dir Angst macht?«

Nach einem Moment des Schweigens hob Irina den Kopf wieder. »Ich kann ihn nicht einschätzen, Julia. Er hat mich schon einmal hereingelegt. Noch einmal mache ich das nicht mit.«

»Er hat dich damals tief verletzt, nicht wahr?«

»Wenn ich gekonnt hätte, hätte ich ihn gelyncht.« Irina ballte ihre Hände unbewusst zu Fäusten. »Ich habe es ihm heimgezahlt.«

Das war nicht die Antwort, auf die Julia gehofft hatte, doch sie stocherte nicht weiter in dieser Wunde. »Was hast du jetzt vor?«

»Ich gehe ihm aus dem Weg.«

»Was nicht ganz einfach ist, weil ihr tagtäglich zusammen arbeitet.«

»Jetzt ist erst mal Wochenende«, widersprach Irina. »Morgen Mittag bringe ich den Advents- und Chanukka-Kalender zu Mama und Paps nach Hause, danach wollte ich dich zu einem Shopping-Nachmittag überreden. Vielleicht finden wir ja schon ein paar Geschenke.«

»Eine ausgezeichnete Idee!«, stimmte Julia zu und fügte nach einem kurzen Moment an: »Der Kalender ist übrigens toll geworden. Wie bist du auf die Idee mit den Schriftröllchen gekommen? Das ist wirklich mal was ganz anderes.« Sie schmunzelte. »Und so wunderbar kalorienarm.«

Irina räusperte sich unbehaglich. »War nicht meine Idee.«

»Sondern?« Neugierig blickte Julia sie von der Seite an. Als Irina erneut nicht antwortete, hob sie die Augenbrauen. »Ach, sag bloß. Das war Lars' Idee?«

»Hin und wieder hat er auch mal seine hellen Momente.«

»Sieht ganz so aus.« Julia beschloss, die neuen Informationen, die sie heute erhalten hatte, zu Hause in Ruhe zu überdenken und später mit Daniel zu besprechen. »Ich glaube, ich muss allmählich los«, sagte sie mit einem Blick auf ihre Armbanduhr. »Schon Viertel vor acht! Ich habe meiner Schwester versprochen, heute auf Max aufzupassen, während sie mit Oliver ins Kino geht. Am Telefon war er schon ganz aufgeregt, weil ich ihm versprochen habe, dass er mit Nick spielen darf.«

»Max wird im Januar schon sechs, nicht wahr?«

Julia nickte. »Und kommt im Sommer in die Schule. Unglaublich, wie schnell die Zeit vergeht.« Sie stand auf. »Und auch heute scheint sie zu rennen. Ich muss wirklich los.«

»Schön, dass du hier warst.« Irina begleitete die Freundin in den Flur und umarmte sie kurz. »Viel Spaß heute Abend.« Nachdem sie die Wohnungstür hinter Julia geschlossen hatte, fiel ihr Blick auf das blinkende Lämpchen des Anrufbeantworters, das sie schon beim Nachhausekommen vor zwei Stunden ignoriert hatte. Vielleicht war es doch etwas Wichtiges? Seufzend drückte sie die Taste und runzelte unwillkürlich die Stirn, als Lars' Stimme erklang: »Hallo, Irina. Da du offensichtlich mal wieder Überstunden machst, folgender Vorschlag: Abendessen um acht bei mir. Keine Widerrede. Ich habe gesehen, was du in den vergangenen Tagen in dich hineingestopft hast. Offenbar sollte ich dir bei Gelegenheit mal den Unterschied zwischen nahrhaften Lebensmitteln und Müll erklären. Ach und ... ich habe hier noch etwas für dich. Neugierig? Bis später dann.« Ein leises Piepsen signalisierte, dass die Aufnahme zu Ende war.

Sprachlos starrte Irina den Anrufbeantworter an. »Das gibt's ja wohl nicht!«, explodierte sie einen Augenblick später. »Was glaubt dieser Kerl eigentlich, wer er ist?« Sie ballte erneut die Fäuste und stürmte hinüber ins Bad, griff nach der Haarbürste und fuhr sich damit durch ihren kurzen Blondschopf. Sie warf sich selbst zornige Blicke zu, während sie nach der Puderdose griff und ihr Make-up auffrischte. »Müll, ja? Vielleicht hat ja nicht jeder Mensch auf diesem Planeten Zeit und Lust, sich tagtäglich ein Gourmetmenü zuzubereiten. Ich habe schließlich auch noch was anderes zu tun.« Schäumend vor Wut raste sie in die Küche und schleuderte die angetaute Pizza, die sie hatte aufbacken wollen, in den Kühlschrank. »Und was soll das heißen, er hat was für mich?«, schimpfte sie vor sich hin, während sie ihren Mantel vom Garderobenhaken riss und sich überwarf, ihren Wollschal um den Hals wickelte und ihre Handschuhe überstreifte. »Ich bin kein bisschen neugierig, Reuther, dass du es nur weißt. Was auch immer du dir jetzt schon wieder ausgedacht hast, du kannst es dir an den Hut stecken.« Wütend griff sie nach ihrer Tasche und ihrem Schlüssel und rauschte zur Tür hinaus, die mit einem lauten Knall hinter ihr ins Schloss fiel.

Lars prallte überrascht zurück, als er seine Wohnungstür öffnete und Irina wutschäumend an ihm vorbei in seine Wohnung rauschte. Erst im Wohnzimmer machte sie halt und drehte sich zu ihm um. »Glaub ja nicht, dass ich so einfach nach deiner Pfeife tanze. Nur weil ich zufällig keine Goldmedaille im Kochen vorzuweisen habe, bedeutet das noch lange nicht, dass ich es nötig habe …« Sie stockte, als sie ihn auf sich zukommen sah. »Was ist? Warum grinst du so?«

Lars blieb dicht vor ihr stehen. »Hallo, Irina. Schön, dass du pünktlich bist. Das Essen ist in fünf Minuten fertig.«

»Ich bleibe nicht. Ich bin nur hier, um dir zu sagen, dass du mich nicht einfach herzitieren kannst …«

»Warum nicht? Es hat doch funktioniert. Du bist hier.«

»Du kannst mich nicht einfach herumkommandieren, Reuther! Und es geht niemanden außer mir etwas an, was ich esse und was nicht. Ich werde jetzt …«

»Erst mal den Mund halten«, unterbrach er sie. In

seiner Stimme lag eine Spur Gereiztheit. Ehe sie sich versah, hatte er sie an den Schultern gefasst und an seine Brust gezogen.

»Lass das«, protestierte sie. »Du kannst nicht dauernd …«

»Dich daran erinnern, mich bei meinem Vornamen zu nennen? Und wie ich das kann. Hier und jetzt und immer und überall, wo ich es für notwendig erachte, mein Schatz.«

»Ich bin nicht dein Schatz, verdammt noch mal!«

»Das ist Ansichtssache.« In seine Augen trat das vertraute Funkeln, das Irinas Herzschlag aus dem Takt brachte. Eindringlich sah er sie an. »Lass dir ruhig Zeit, Irina. Allerdings muss ich dich warnen. Wenn wir hier zu lange herumstehen, brennt das Essen an.« Abwartend legte er den Kopf schräg.

»Hältst du das nicht allmählich für kindisch?«, fragte sie und versuchte, sich seinem Griff zu entwinden. Es gelang ihr nicht.

»Was? Ach, du meinst, dass du mich ständig nur mit meinem Nachnamen ansprichst, um eine sichere Distanz zu wahren? Keine Ahnung. Sag du mir, ob das kindisch ist.« Er lächelte sie an.

Irina starrte erbost zurück. »Das ist lächerlich!«

»Es ist die Wahrheit. Und du kommst hier nicht weg, ehe du dich nicht auf meinen Vornamen besinnst.«

Sie verdrehte entnervt die Augen. »Lars!«

»Na bitte, war das so schlimm?« Ohne auf ihren Protest zu achten, presste er seine Lippen auf ihren Mund. Er konnte ihren Zorn geradezu schmecken. Ihr gesamter

Körper schien zu vibrieren. Die Erregung übertrug sich in Sekundenschnelle auf ihn und erhitzte sein Blut. Er hatte ihr lediglich einen kurzen, aber bestimmten Kuss geben wollen, doch als er das Feuer wahrnahm, das unter der Oberfläche ihrer Wut schwelte, konnte er der Versuchung nicht widerstehen. Er ließ seinen Mund über ihren wandern, nagte an ihrer Unterlippe, bis sie unterdrückt nach Atem rang. Ohne zu zögern, vertiefte er den Kuss, zog sie fester in seine Arme. Das Blut rauschte in seinen Ohren, in seinen Adern. Noch immer spürte er einen leichten Widerstand ihres Körpers, obgleich ihre Lippen bereits eine andere Sprache sprachen. Sie hob die Hände und legte sie auf seine Brust, jedoch diesmal nicht, um ihn von sich zu schieben. Sie trug noch immer ihre Handschuhe, den Schal, den Mantel. Seine Hände wanderten begehrlich über ihre Schultern; zu gerne hätte er die störenden Kleidungsstücke augenblicklich entfernt. Doch das wäre hier und jetzt keine gute Idee, auch wenn er spürte, wie sie sich nun ohne sein Zutun fester an ihn drängte.

Er bemühte sich, die Reaktion seines eigenen Körpers unter Kontrolle zu bringen. Etwas atemlos schob er sie ein Stückchen von sich und lächelte schief. »Ich denke, das war als Vorspeise durchaus angemessen.« Bevor er es sich anders überlegen konnte, ging er rasch hinüber in die Küche. »Häng deinen Mantel auf und setz dich schon mal. Gieß dir ruhig auch schon ein Gläschen Wein ein. Ich bin sofort fertig.«

Unschlüssig sah Irina ihm nach und erblickte dabei den liebevoll gedeckten Esstisch, auf dem sogar zwei Kerzen brannten. Sie schluckte unbehaglich und überlegte fieberhaft, ob sie nicht besser sofort die Flucht ergreifen sollte. Doch ihre Wut war größtenteils verraucht, und vermutlich wäre es schade, sich das Essen, was auch immer es war, entgehen zu lassen. Seufzend zog sie Mantel, Schal und Handschuhe aus und deponierte alles an der Garderobe. Als sie sich an den Tisch setzte, kam auch Lars wieder aus der Küche. Vor sich her trug er eine Auflaufform mit etwas, das wie ein Gemüseauflauf aussah, und einer Platte mit appetitlich aussehenden gebratenen Fischfilets. Unwillkürlich lief Irina das Wasser im Mund zusammen. »Das sieht gut aus«, rang sie sich durch zuzugeben.

Lars zwinkerte ihr zu. »Und es schmeckt noch besser, als es aussieht. Weißwein?«

»Ich muss noch fahren.«

»Ein Gläschen wird nicht schaden, wenn du vorher etwas in den Magen bekommst.« Lächelnd goss er erst ihr, dann sich selbst Wein ein. Er setzte sich und hob sein Glas. Zögernd tat sie es ihm gleich, und er tippte es mit seinem leicht an.

Zunächst aßen sie schweigend. Lars beobachtete Irina unauffällig und erkannte mit Freude, dass sie es sich schmecken ließ. Dass er ein wenig Talent in der Küche besaß, hatte er bisher immer für gegeben hingenommen. Kochen lag ihm einfach. Doch nun, da er seine Fähigkeiten einsetzen konnte, um Irina ein wenig zu verwöhnen und auf diesem Weg vielleicht ihren Widerstand gegen ihn ganz aufzulösen, dankte er im Stillen seiner Mutter aus tiefstem Herzen, dass sie nicht eher Ruhe gegeben hatte, bis er verstanden hatte, dass die Zubereitung von Speisen mehr war, als dafür zu sorgen, dass man nicht verhungerte.

Um Irina ihre Befangenheit zu nehmen, sprach er einige eher belanglose Dinge an, die sich auf der Baustelle ereignet hatten. Schon bald waren sie in ein angeregtes Gespräch über die voranschreitenden Arbeiten im Resort und die Pläne für die kommenden Wochen vertieft.

Dies war sicherer Boden. Irina war froh, dass Lars offenbar nicht vorhatte, ihn zu verlassen. Solange sie sich über berufliche Dinge unterhielten, verstanden sie sich ausgezeichnet.

»Danke für das Essen«, sagte Irina schließlich, nachdem sie ihren Teller geleert hatte. »Es hat wirklich sehr gut geschmeckt.«

»Hast du noch ein bisschen Platz für den Nachtisch gelassen?«

»Nachtisch?« Verblüfft hob Irina den Kopf.

Lars nickte lächelnd. »Nur eine einfache Panna Cotta mit Pflaumenkompott.«

»Nur?«

»Keine große Sache.«

»Aha.« Irina stellte die Teller zusammen und half Lars, das Geschirr in die Küche zu tragen und in die Spülmaschine zu stellen. Er reichte ihr die Schüssel mit dem Kompott, während er selbst die Schälchen mit dem Dessert zum Esstisch trug. »Was versprichst du dir davon?«

»Wovon?«

Irina zuckte die Achseln und machte eine unbestimmte Geste, die den Nachtisch und die Kerzen mit einschloss.

Er lächelte leicht. »Musst du immer alles hinterfragen?«

»Wenn es mit dir zu tun hat – ja.«

Seine Miene wurde ernst. »Führst du etwas gegen mich im Schilde?«

»Was?« Verblüfft starrte sie ihn an. »Nein, wie kommst du denn darauf?«

»Ist das nicht die Frage, die dich schon den ganzen Abend beschäftigt?«

Irina runzelte die Stirn. »Ich bin bloß vorsichtig.«

»Ja.« Leider, dachte Lars. »Hör zu, Irina, warum entspannst du dich nicht und genießt die Panna Cotta. Mein Ehrenwort darauf, dass sie nicht vergiftet ist.« Seine Stimme besaß eine deutlich vernehmbare Schärfe. An den feinen Linien, die sich auf seiner Stirn gebildet hatten, konnte Irina ablesen, dass sie ihn verärgert hatte – und vielleicht noch etwas anderes.

Unversehens regte sich ihr schlechtes Gewissen. Verlegen spielte sie mit ihrem Löffel herum. »Ich wollte damit nicht sagen …« Sie hob den Kopf und begegnete seinem ernsten, abwartenden Blick. »Du musst zugeben, dass ich so etwas von dir nicht gerade gewöhnt bin«, murmelte sie.

Sein Blick wurde eine Spur weicher, seine Mundwinkel bewegten sich beinahe unmerklich nach oben. »Vielleicht ist es an der Zeit, das zu ändern«, sagte er leise.

»Ich weiß nicht, ob das eine gute Idee ist«, gab Irina ebenso leise zu. Vorsichtig kostete sie von dem Dessert und lächelte leicht. »Wenngleich ich mich hieran durchaus gewöhnen könnte.«

Lars beschloss, es dabei zu belassen. Er wusste, dass er

sich, was Irina anging, in unwegsames Gebiet begeben hatte. Sie vertraute ihm nicht – und er konnte es ihr nicht verdenken. Dennoch wollte er die Hoffnung nicht aufgeben. »Was hast du denn so fürs Wochenende geplant?«, wechselte er das Thema und lenkte das Gespräch damit wieder in sicheres Fahrwasser.

»Morgen werde ich den Adventskalender zu meinen Eltern bringen«, antwortete sie, sichtlich dankbar, dass Lars die Richtung des Gesprächs wieder geändert hatte. »Danach will ich mir mit Julia einen schönen Shopping-Nachmittag machen. Vielleicht kann ich sie sogar überreden, abends noch mit ins Kino zu gehen. Da läuft doch jetzt dieser neue Film mit Julia Roberts.«

»Der Schmacht-Fetzen?« Lars grinste. »Sag bloß, du stehst auf Hollywood-Romanzen.«

»Schon immer.«

»Gut zu wissen.« Er lachte leise.

»Hey, jeder Mensch verdient zumindest ein Laster!«, verteidigte Irina sich.

»Es sei dir gegönnt.« Fröhlich zwinkerte er ihr zu.

Sie räusperte sich. »Sonntag trifft sich die Familie bei meinen Eltern, um das große Weihnachtsfest zu planen … und die Chanukka-Feier. Beides geht bei uns immer irgendwie ineinander über. Wir erwarten eine ganze Horde Verwandtschaft, und das muss gut koordiniert werden, damit alle friedlich und am Leben bleiben.«

»Klingt spannend.«

»Anstrengend. Vor allem, seit mit Julias Familie noch mehr Chaos Einzug gehalten hat.« Sie lachte bei der

Erinnerung an die Familienfeste der vergangenen beiden Jahre. Neugierig neigte sie den Kopf auf die Seite. »Du feierst bestimmt mit deinen Eltern Weihnachten, nicht wahr?«

Er nickte. »Ruhig und besinnlich. Mit viel Verwandtschaft kann ich nicht aufwarten.«

»Glaub mir, das kann auch Vorteile haben.«

»Vielleicht. Trotzdem würde ich gerne einmal eine eurer Feiern miterleben. Du kannst dich wirklich glücklich schätzen, eine so große, wenn auch chaotische Familie zu besitzen.«

Eine plötzliche Spannung lag in der Luft. Verlegen spielte Irina mit ihrem leeren Dessertschälchen. »Ich, ähm, schätze, du hast recht.«

Lars straffte die Schultern. »Dabei fällt mir ein, dass ich ja noch etwas für dich habe.«

Irinas Kopf ruckte hoch, und er zwinkerte ihr erneut zu. Rasch stand er auf und verschwand im Flur. Augenblicke später kam er mit etwas zurück, das aussah wie ein runder, geflochtener Korb, jedoch aus Draht und, wie Irina verblüfft feststellte, Elektrokabeln bestand. Darin lagen kleine Päckchen und Obst, jedes Stück mit einem Aufkleber versehen, auf dem eine Zahl vermerkt war.

Auf Irinas fragenden Blick hin erklärte Lars: »Ich dachte mir, ein persönlicher Adventskalender für dich wäre nicht die schlechteste Idee. Er enthält Äpfel, Orangen, Nüsse und noch ein paar andere Dinge – alles lecker und vor allem gesund. Damit hast du wenigstens jeden Tag etwas Nahrhaftes zu essen. Wenn du dich nämlich noch weiter von Crackern, Pop-Tarts und Nutellabrot ernährst, werden wir womöglich nicht mehr allzu lange Freude an dir haben.« Er grinste.

Sprachlos starrte Irina auf den Korb, den er ganz offensichtlich selbst gebastelt hatte, und dessen Inhalt. »Ich, ah …« Sie konnte sich nicht entscheiden, ob sie sich freuen oder beleidigt sein sollte.

Lars konnte ihre widerstreitenden Gefühle in ihrem Gesicht ablesen. Rasch stellte er den Korb auf den Tisch und zog sie von ihrem Stuhl hoch. Locker legte er seine Arme um ihre Hüften und zog sie sanft näher. »Nur eine kleine Vorsichtsmaßnahme«, raunte er. »Mit wem soll ich mich denn sonst herumstreiten, wenn du verhungert oder an zu vielen Kalorien eingegangen bist?«

Irina fiel beim besten Willen keine passende Antwort darauf ein.

Zart legte er einen Finger unter ihr Kinn und hob ihren Kopf soweit an, dass er ihr in die Augen sehen konnte. Er konnte das unstete Flackern in ihrem Blick wahrnehmen, als er die kurze Distanz zwischen ihren Gesichtern langsam zu schließen begann. Ihre Lider flatterten, bevor sie sich schlossen. Leicht, nur wie ein Hauch, berührte er mit den Lippen ihren Mundwinkel, zog sich aber gleich wieder zurück und ließ sie los.

Überrascht öffnete sie die Augen wieder und starrte ihn mit fragendem Blick an. Um nicht in Versuchung zu geraten, sie erneut an sich zu ziehen, wandte Lars sich in Richtung Tür. »Ich denke, du solltest dich auf den Heimweg machen. Für die Nacht sind Regen und Frost angesagt.

Noch hat es nicht angefangen. Ich möchte nicht, dass du bei Glatteis fahren musst, auch wenn der Weg nicht weit ist.«

Irina schluckte und bemühte sich, ihre flatternden Nerven unter Kontrolle zu bringen. »Wahrscheinlich hast du recht.« Eilig nahm sie den Korb und trug ihn zur Garderobe. Lars half ihr in den Mantel und hielt ihr die Wohnungstür auf. Bevor sie hinaus in den Hausflur trat, blickte sie ihm noch einmal in die Augen. »Danke.«

»Keine Ursache.« Mit einem letzten Zwinkern schloss er die Tür.

Auf dem Weg zu ihrem Auto spürte Irina zweierlei: den Nachhall der zärtlichen Berührung seiner Lippen und das Zittern ihrer Knie.

10. Kapitel

»Wir sind ganz sicher, dass sich da etwas zusammenbraut«, erklärte Elfe-Acht dem Weihnachtsmann beim Elfen-Meeting drei Tage später. »Unsere Gefühls-Scanner haben ganz eindeutig ausgeschlagen.«

Santa Claus fuhr sich nachdenklich durch den Bart. »Ich habe Nicks Familie auf einen meiner Videobildschirme gelegt, aber bisher konnte ich rein gar nichts Auffälliges erkennen. Daniel und Julia sind ganz offensichtlich sehr glücklich. Sie erwarten Julias Bruder Timo und dessen Frau und kleine Tochter zum Weihnachtsfest der Familie. Julias Eltern geht es ebenfalls gut, auch ihrer Schwester Christine und deren Familie. Was also kann der

Scanner nur aufgefangen haben? Vielleicht irgendwelche atmosphärischen Interferenzen?«

»Nein, bestimmt nicht«, antwortete Elf-Zwei. »Die neuen Geräte sind so fein abgestimmt, dass sie Interferenzen abblocken. Etwas muss sich in der Familie tun, wir sind uns sicher. Wenn wir nur wüssten, was, könnten wir schon mal Pläne schmieden, alles zum Guten zu wenden.«

»Vielleicht hat es ja gar nichts mit Julia und Daniel zu tun«, schlug Elfe-Sieben vor, die als Assistentin des Weihnachtsmannes dem Treffen der Brigade beiwohnte. Aller Blicke richteten sich fragend auf die kleine Elfe, die daraufhin rot wurde. »Na ja«, sagte sie. »Es könnte doch auch etwas in Daniels Familie sein. Ich habe auf dem Bildschirm schon mehrmals seine Schwester Irina gesehen. Jedes Mal hat sie sich mit einem großen, gutaussehenden Mann gestritten.«

»Gestritten?« Alarmiert hob der Weihnachtsmann den Kopf.

Elfe-Sieben nickte, schüttelte dann aber den Kopf. »Na ja, nicht immer. Entweder sie streiten sich oder sie essen zusammen oder …«

»Oder?«, echoten einige der anwesenden Elfen neugierig.

Die Röte auf Elfe-Siebens Wangen vertiefte sich noch eine Spur. »Oder sie küssen sich«, murmelte sie verlegen.

»Sag bloß!« Santa Claus klatschte in die Hände. »Das muss es sein. Warum ist mir das nur noch nicht aufgefallen?«

»Weil du mit den Wunschzetteln so beschäftigt warst«, erklärte Elfe-Sieben.

»Hm, ja.« Der Weihnachtsmann nickte und zog die

buschigen Brauen zusammen. »Wo wir gerade davon sprechen. Wer liegt gerade vorne?«

Elf-Dreizehn schwenkte einen Computerausdruck. »Momentan liegen wir mit dem Christkind gleichauf.«

»Also gut.« Wieder klatschte Santa Claus in die Hände, wandte sich an Elfe-Acht. »Findet mir heraus, wer dieser Mann ist, mit dem sich Irina ständig streitet oder … ähm … küsst.« Er grinste schief. »Und die anderen gehen wieder an ihre Arbeit. Bald ist der zweite Advent, und ich möchte bis dahin wieder einen hübschen Vorsprung vor dem Christkind haben.«

11. Kapitel

Als Irina am Morgen des zweiten Adventssamstags die Augen aufschlug, fühlte sie sich wie gerädert. Die gesamte vergangene Woche hatte sie Überstunden gemacht. Sie war zwischen dem Resort und zwei weiteren Baustellen, die bis gestern fertig werden mussten, hin und her gependelt und hatte nach Feierabend immer noch an Zeichnungen und Diagrammen gearbeitet. Zwar hatte ihr Vater fest versprochen, dass es ab dem kommenden Montag etwas ruhiger zugehen würde, doch das konnte sie im Augenblick nur wenig trösten. Beinahe war sie froh, dass es noch dunkel war. Lediglich der beleuchtete Stern in ihrem Schlafzimmerfenster verbreitete ein wenig Helligkeit. Zu genau wollte sie sich lieber nicht umsehen, denn dann müsste sie sich daran erinnern, dass ihr Haushalt und ihre Wäsche heute an der Reihe waren. Stöhnend zog sie sich die Decke über den Kopf.

Die einzigen Lichtblicke der letzten Tage waren die täglichen Päckchen aus Lars' Adventskalender gewesen. So seltsam es auch war, die kleinen Gaben, die wie versprochen immer aus Obst oder Nüssen bestanden hatten, waren jedes Mal der Auslöser für ein Lächeln auf ihren Lippen gewesen. Am ersten Tag – Montag – war es eine einfache Orange gewesen, um die er eine rote Schleife gebunden hatte. Als sie sie gelöst hatte, war ihr ein Schriftröllchen in die Hände gefallen. Sie erinnerte sich noch, wie sie gelacht hatte, als sie die beiden Worte, die darauf vermerkt waren, gelesen hatte: *Iss mich!*

Natürlich war sie dieser Aufforderung gefolgt. Es war ja nicht so, dass sie kein Obst mochte. Sie vergaß nur meistens, welches einzukaufen.

Ein andermal hatte er ein Beutelchen mit Haselnüssen und Walnüssen zusammengeschnürt. Und wieder war ein Briefchen dabei gewesen, in dem er sie gebeten hatte, die Haselnüsse bitte nicht – wie Aschenbrödel – auf den Boden zu werfen, da sie ihrem Magen bestimmt hilfreicher seien. Noch jetzt grinste sie über die Anspielung auf den Märchenfilm, den sie tatsächlich noch heute jedes Jahr vor Weihnachten einmal ansah. Offenbar erinnerte er sich noch daran, dass sie dies schon während ihrer Schulzeit getan hatte. Was wusste er eigentlich noch alles über sie?

Etwas wacher setzte sich Irina in ihrem Bett auf und dachte nach. Praktisch seit sie gemeinsam in einer Schulklasse gewesen waren, hatten sie einander gehänselt und miteinander gestritten. Nie wirklich bösartig; es war tatsächlich eher eine Art Sport gewesen. Schlimm war es ja erst geworden, nachdem sie – heimlich, wie Irina gedacht hatte – auf jener Abschlussfahrt einige sehr intime Stunden miteinander verbracht hatten. Wie es dazu gekommen war, wusste sie selbst nicht recht. Zwar hatte sie zu jenem Zeitpunkt schon länger gewusst, dass sie sich stark zu Lars hingezogen fühlte, doch war sie nie davon ausgegangen, dass er ähnlich fühlen könnte. Zu sehr hatten sie sich beide mit ihren Rollen als Streithähne identifiziert. Dann war jener Tag gekommen, an dem die Lehrer ihnen einen komplett freien Nachmittag in Prag angeboten hatten. Zu zweit oder in Grüppchen waren die Mitschüler losgezogen, bis plötzlich – durch Zufall, hatte sie gedacht – nur noch Lars und sie übrig gewesen waren. Da sich gerade kein passendes Streitthema gefunden hatte, waren sie übereingekommen, einer der Gruppen zu folgen und sich ihnen anzuschließen, hatten aber leider den Bus knapp verpasst, mit dem ihre Freunde wegfuhren. So waren sie allein zurückgeblieben, hatten einen Bummel durch die Innenstadt gemacht und eine Kleinigkeit gegessen. Irina erinnerte sich noch genau daran, wie sie sich eine der berühmten Karlsbader Oblaten geteilt hatten, die überall an kleinen Ständen angeboten wurden. Ehe sie sich versehen hatte, waren sie Hand in Hand über die Karlsbrücke geschlendert. An der Statue des heiligen Johannes Nepomuk, über den sie am Vortag einen Vortrag der Stadtführerin gehört hatten, waren sie stehengeblieben und hatten sich zum ersten Mal geküsst.

Irina schloss die Augen bei der Erinnerung an jenen Tag. Es war nicht bei dem einen Kuss geblieben. So hitzig sie miteinander streiten konnten, so heftig war an jenem Nachmittag die Leidenschaft zwischen ihnen aufgeflammt. In einvernehmlichem Schweigen waren sie in das Hotel zurückgekehrt, in dem sie untergebracht waren, und hatten sich in das Zimmer zurückgezogen, das Irina sich mit zwei Freundinnen teilte. Da die anderen noch bis zum frühen Abend unterwegs gewesen waren, blieben sie ungestört.

Irina klappte die Augen wieder auf und betätigte den Lichtschalter ihres Nachttischlämpchens. Sie konnte und wollte auch nach all den Jahren nicht bestreiten, dass es der schönste Nachmittag gewesen war, den sie je erlebt hatte. Doch leider hatten die Ereignisse des folgenden Tages sie mit Macht auf den Boden der Tatsachen zurückgestoßen. Als sie die gehässigen Kommentare ihrer männlichen Mitschüler hörte, war sie erst schockiert, dann wütend und schließlich tief verletzt gewesen. Und ihr war sofort klar gewesen, dass sie ihr Gesicht nur auf eine einzige Weise wahren konnte: indem sie es Lars mit gleicher Münze heimzahlte. Sie hatte umgehend unter ihren Freundinnen verbreitet, dass sie Lars hereingelegt hatte, und noch einige peinliche Details hinzugefügt, die sie sich allerdings hatte ausdenken müssen. Lars hatte darauf entsetzt und zornig reagiert, und von jenem Tag an war ein Krieg bis aufs Blut zwischen ihnen ausgebrochen.

So war es beinahe kaum zu glauben, dass sie jetzt miteinander arbeiten konnten, ohne sich gegenseitig an die

Kehle zu gehen. Sie hatten sogar einige vergnügliche Abende miteinander verbracht – nicht zu vergessen der Adventskalender, den Lars für sie zusammengestellt hatte. War das ein Friedensangebot oder doch nur ein ausgefeilter Plan, sie erneut in die Pfanne zu hauen? Falls Letzteres zutraf, würde ihr diesmal keine andere Wahl bleiben, als ihn umzubringen.

Seufzend schwang Irina ihre Beine über die Bettkante, tappte ins Bad und gönnte sich eine ausgiebige Dusche. Danach fühlte sie sich einigermaßen imstande, den Kampf gegen Schmutz und Wäscheberge aufzunehmen. So kam sie erst kurz vor Mittag dazu, das heutige Päckchen aus dem Korb zu nehmen. Neugierig musterte sie es. Diesmal schien es sich nicht um etwas Essbares zu handeln, sondern nur um aufgerolltes Papier. Rasch öffnete sie die Verschnürung und entrollte das Päckchen. Es handelte sich um ein Foto, das Lars in Zeitungspapier eingerollt hatte und auf dem ein Glühweinstand zu sehen war. Unten rechts in der Ecke hatte Lars mit goldfarbenem Stift *Weihnachtsmarkt, Samstag, 17:00 Uhr* vermerkt.

Schweigend starrte Irina auf das Foto und spürte, wie ihr Herz unstet zu pochen begann. Er lud sie auf den Weihnachtsmarkt ein. Zwar hatte sie sowieso vorgehabt, diesen heute oder morgen aufzusuchen, doch was würde es bedeuten, wenn sie seiner Einladung folgte? Wie würde er es auffassen, und – wichtiger noch – wohin würde es führen? Sie war nach wie vor fest entschlossen, sich auf nichts einzulassen. Eine üble Erfahrung mit diesem Mann reichte ihr vollauf.

Nachdenklich ließ sich Irina auf einen der Küchenstühle sinken. Sie konnte ihm jederzeit Einhalt gebieten, oder nicht? Sie war Frau genug, sich gegen ihn durchzusetzen, wenn es notwendig wurde. Aber ein harmloser Besuch des Weihnachtsmarktes konnte wahrscheinlich nicht schaden. Immerhin befanden sie sich dort auf einem öffentlichen Platz und in Gesellschaft ... und sie wollte unbedingt nach ein paar Weihnachtsgeschenken Ausschau halten.

Irina warf das Foto auf den Tisch und eilte in ihr Schlafzimmer, riss ihren Kleiderschrank auf und starrte grübelnd hinein. Was um alles in der Welt sollte sie anziehen?

Als es wenig später an der Haustür klingelte, wurde sie aus ihren Gedanken gerissen. Hastig warf sie sich ihren Bademantel über und eilte zur Tür.

»Julia!« Etwas verdattert blickte sie ihre Freundin an, dann fiel ihr Blick auf Nick, der sie schwanzwedelnd begrüßte. »Ach herrje, euch habe ich ja ganz vergessen«, rief sie. Erst jetzt erinnerte sie sich, dass sie versprochen hatte, an diesem Wochenende auf Nick aufzupassen, weil Julia und Daniel Julias Bruder Timo beim Umzug von seiner alten Wohnung in sein neues Haus drüben im Neubaugebiet helfen wollten.

»Stören wir?« Mit hochgezogenen Augenbrauen musterte Julia Irinas ungewöhnlichen Aufzug.

Irina blickte an sich herab und errötete leicht. Sie hatte den Gürtel ihres Bademantels nicht allzu fest zugezogen, und Julia konnte deutlich den schwarzen Spitzen-BH darunter hervorblitzen sehen. »Nein, nein, ich war nur gerade dabei ... Kommt doch erst mal herein.«

Julia trat mit Nick ein, befreite ihn von der Leine und ging schnurstracks ins Schlafzimmer. Mit hochgezogenen Augenbrauen musterte sie das Chaos von Kleidungsstücken auf dem Bett. Langsam drehte sie sich zu ihrer Freundin um. »Spitzenwäsche und Kleidersuche? Du hast ein Date.« Sie legte den Kopf auf die Seite. »Ein heißes Date.«

»Nein, habe ich nicht«, sagte Irina etwas zu rasch und biss sich prompt auf die Unterlippe. »Es ist nicht, was du denkst. Ich will nur … Ich habe mal ein bisschen Klarschiff in meinem Schrank gemacht. Das wird doch wohl erlaubt sein.«

»Mhm.« Julia warf ihr einen vielsagenden Blick zu.

»Wirklich«, beharrte Irina. »Ich habe nicht vor, mich auf irgendwas einzulassen.«

Julia merkte auf. »Sag bloß, du triffst dich mit Lars?«

Irina fuhr sich mit gespreizten Fingern durchs Haar. »Es ist nicht so, wie du denkst.«

»Sondern?«

»Er hat mich auf den Weihnachtsmarkt eingeladen. Hier.« Sie zog das Foto unter dem Stapel Kleider hervor, wo sie es vor über einer Stunde abgelegt hatte. Julia musterte es mit Interesse. »Und da ich sowieso vorhatte, dieses Wochenende auf den Weihnachtsmarkt zu gehen, dachte ich, es kann nicht schaden, ihn dort zu treffen. Ganz unverbindlich.«

»Natürlich.«

»Unter Menschen.«

»Mhm.«

»Nichts weiter.«

Julia lachte über Irinas defensiven Tonfall. »Schon gut,

schon gut. Ich sag ja gar nichts. Außerdem seid ihr beide erwachsen.«

»Hör zu, ich habe bereits gesagt, dass ich mich auf nichts einlassen werde.«

»Irina.« Beruhigend legte Julia ihr eine Hand auf den Arm. »Ich will nur sagen, dass ihr erwachsen seid und deshalb bestimmt in der Lage, euch entsprechend friedlich zu verhalten. Wir wollen ja keinen Skandal in der Klatschspalte der Tageszeitung, nicht wahr?«

»Haha, sehr witzig.«

»Hast du noch genug Hundefutter? Ansonsten habe ich noch etwas im Auto.«

»Nein, ist noch alles vorhanden«, antwortete Irina und beugte sich rasch zu Nick hinab, der sich ihr vor die Füße gelegt hatte und auf seine Streicheleinheiten wartete. »Es scheint, als würden wir zwei heute zusammen einen Ausflug auf den Weihnachtsmarkt machen, alter Junge.«

Nick wedelte erfreut.

»Gib ihm aber bloß kein Würstchen oder Reibekuchen«, warnte Julia lachend. »Ich muss so schon aufpassen, dass ihm unsere Nichten und Neffen nicht ständig Leckerchen zustecken, sonst wird er bis Weihnachten kugelrund.«

Irina nickte lachend. »In Ordnung, wir werden uns beherrschen.«

»Dann mache ich mich mal wieder auf den Weg. Daniel ist schon vorausgefahren, und Timo und Klarissa warten bestimmt schon auf mich.«

»Grüß die beiden bitte«, rief Irina ihr nach. »Und gib der kleinen Sophia einen dicken Kuss von mir.«

»Wird gemacht. Viel Spaß auf dem Weihnachtsmarkt.« Als die Tür hinter Julia zugefallen war, blickte Irina erneut auf Nick hinab, der erwartungsvoll zu ihr aufsah. Dann wanderte ihr Blick über den Kleiderberg auf ihrem Bett. »Tja, Spaß werden wir hoffentlich haben, sobald ich mich entschieden habe, was ich anziehen soll ...«

12. Kapitel

»Nun, wie sieht es aus, lieber Weihnachtsmann?«

Santa Claus hob nur kurz den Blick von einem der Videobildschirme, die sich an der großen Wand in seinem Büro befanden, und winkte dem Christkind einzutreten. »Gut, würde ich sagen«, antwortete er. »Seit heute Mittag liege ich wieder mit zwei glücklichen Menschen vorn.«

»Bist du sicher?« Das Christkind lächelte huldvoll, als der Weihnachtsmann erschrocken auffuhr. Es ließ die goldenen Flügel flattern, faltete sie dann aber zusammen und setzte sich in einen der Besuchersessel. »Meine Engelchen berichteten mir soeben, dass wir wieder aufholen konnten. Allmählich solltest du wirklich über einen Anhänger für deinen Schlitten nachdenken. Ich hoffe, deine Rentiere werden dir die zusätzliche Last nicht übelnehmen.«

»Das werden sie nicht müssen«, erwiderte der Weihnachtsmann. »Weil ich diese Wette nämlich gewinnen werde.«

»Nicht, wenn ich in Führung liege.«

»Das wirst du nicht lange, wart's nur ab.«

»Ich kann dich jederzeit wieder überholen.«

»Wirst du aber nicht.«

»Also wirklich! Streitet ihr etwa schon wieder?« In der Tür war Santas Frau erschienen. Mit strenger Miene blickte sie die beiden weihnachtlichen Glücksboten an. »Ihr solltet euch wirklich schämen! Was würden die Menschen wohl von euch denken, wenn sie euch hören könnten? Der Weihnachtsmann und das Christkind zanken sich wie die Kesselflicker. Was macht denn das für einen Eindruck?«

»Schon gut, mein Schatz«, versuchte Santa Claus seine Frau zu beruhigen. »Es ist doch bloß eine harmlose Wette. Ein Spaß, mehr nicht.«

»Als hättet ihr nicht Besseres zu tun«, murmelte sie, trat dann an einen der Bildschirme heran. »Na so was! Ist das nicht der süße Nick? Warum wird er denn schon wieder überwacht? In seiner Familie ist doch alles in Ordnung, oder etwa nicht?«

»Soweit ich weiß ja«, antwortete Santa Claus. »Aber meine Elfen haben mit den Gefühlsscannern starke Schwingungen aufgefangen, deshalb habe ich Nick vorsichtshalber auf einen der Bildschirme gelegt, damit ich ihn und seine Menschen im Auge behalten kann.«

»Das wird wohl auch nötig sein«, befand das Christkind. »Ich brauche keinen Gefühlsscanner, um zu erkennen, dass da etwas vorgeht.«

»Warum, was meinst du?« Alarmiert blickte der Weihnachtsmann auf.

»Na, sieh doch selbst!« Das Christkind deutete auf den Bildschirm, auf dem sich nun tatsächlich etwas tat.

13. Kapitel

Der Weihnachtsmarkt war um diese Uhrzeit gut besucht. Irina blieb einen Moment vor dem mit Tannengrün geschmückten Rundbogen stehen, der als Eingang zum Marktplatz diente, und ließ die Atmosphäre auf sich wirken. Die hölzernen Verkaufsbuden ringsum waren mit grünen Zweigen, Lichterketten und bunten Christbaumkugeln geschmückt. In jeder Ecke standen liebevoll dekorierte Tannenbäume. In der Luft hing der Duft von frischen Waffeln, Bratwurst und heißen Maronen. Dezent tönte aus einem versteckten Lautsprecher »White Christmas« von Bing Crosby. Überlagert wurde die Musik von Stimmengewirr, Gelächter und dem Gebimmel einer Glocke, die jedes Mal verkündete, wenn das altmodische Karussell mit den Holzpferden zu einer neuen Runde anfuhr. Irina trat durch den Bogen und ging auf das Karussell zu. Sie erinnerte sich noch gut daran, wie sie selbst als Kind immer darauf gefahren war. Der Besitzer erkannte sie und winkte ihr zu. Er war etwa im Alter ihres Vaters; die beiden waren gemeinsam zur Schule gegangen. »Hallo Irina«, begrüßte er sie lächelnd. »Kleine Runde gefällig?«

»Nein, Klaus, lieber nicht.« Sie lachte. »Ich glaube, aus dem Alter bin ich heraus.«

»Aus dem Alter kommt man niemals heraus«, widersprach Klaus mit einem Blinzeln. »Wen hast du denn da bei dir? Ist das nicht der Hund deines Bruders?«

»Ja, stimmt. Ich bin heute Hundesitterin.« Sie blickte

unauffällig auf ihre Armbanduhr. »Ich glaube, ich muss weiter.«

»Verabredet?«

»So was Ähnliches.«

»Viel Spaß. Und grüß deine Eltern von mir!«

Weit kam Irina nicht. Wo sie hinschaute, erblickte sie Bekannte und ehemalige Schulkameraden. Fast hatte sie vergessen, dass der Weihnachtsmarkt der Treffpunkt praktisch der gesamten Kleinstadt war. Mehrfach wurde sie eingeladen, sich einer Gruppe anzuschließen, doch jedes Mal entschuldigte sie sich rasch. Es war schon nach fünf. Wo sollte sie Lars überhaupt treffen? Suchend sah sie sich um und erblickte schließlich genau den Glühweinstand, der auf dem Foto abgebildet gewesen war. Stirnrunzelnd fragte sie sich, wann er das Foto wohl aufgenommen haben mochte.

Zögernd trat sie auf den Stand zu und blickte sich erneut um, konnte Lars jedoch nirgends sehen. Als sie plötzlich zwei Hände auf ihren Schultern spürte, schrak sie zusammen.

»Hast du den Hund als Leibgarde mitgebracht?«, raunte Lars ihr ins Ohr.

Sie fuhr zu ihm herum. »Reuther! Schleich dich gefälligst nicht an mich heran. Das kann böse für dich enden.«

»Oh, ich denke, für mich endet es diesmal äußerst angenehm.« Ohne auf den Protestlaut zu achten, den sie ausstieß, nahm er sie in die Arme und hielt sie fest.

»Hey«, stieß sie verärgert hervor. »Geht das schon wieder los?«

»Du weißt, was zu tun ist.« Er zwinkerte ihr zu, seine Lippen umspielte ein zärtliches Lächeln.

»Lars, wir werden von mindestens hundert Menschen beobachtet!«

»Dann geben wir ihnen doch etwas, worüber sie tratschen können«, schlug er vor und küsste sie.

Für einen Moment raubten ihr seine sanften Lippen den Atem. Einen Augenblick später zog er sich jedoch schon wieder zurück und ließ sie los, legte ihr stattdessen locker den Arm um die Hüfte. »Wie heißt denn dein vierbeiniger Freund?«

»Das ist Nick. Er gehört Daniel, aber er und Julia sind heute und morgen beschäftigt.«

»Und damit Nick nicht allein bleiben muss, kümmerst du dich um ihn«, folgerte Lars. Er beugte sich zu Nick hinab und hielt ihm seine Hand zum Beschnüffeln hin. Nick schnupperte kurz und leckte ihm dann über die Finger. Lars lachte. »So schnell kann man Freundschaft schließen.« Er warf Irina einen vielsagenden Blick zu, woraufhin sie die Stirn runzelte.

»Ich bin nicht sicher, ob ich Nicks Einschätzung teilen soll.«

Lars ging nicht darauf ein, sondern führte sie zu einem der Verkaufsstände, der neben Weihnachtsbaumschmuck auch Krippenfiguren und handgeschnitzte Engel anbot. »Vielleicht kannst du mir helfen«, schlug er vor. »Ich bin noch auf der Suche nach einem Geschenk für meine Mutter.« Er zog Irina etwas fester an sich. »Sie würde sich übrigens freuen, dich mal wiederzusehen.«

Irina blickte irritiert zu ihm auf. »Du hast ihr erzählt, dass wir …«

»Uns treffen? Warum nicht? Außerdem weiß sie ja, dass ich in der Firma deines Vaters arbeite.«

»Wir treffen uns nicht.«

»Ach nein?« Mit dem Anflug eines spöttischen Lächelns sah er ihr in die Augen. »Wie würdest du es sonst nennen?«

Irina antwortete nicht darauf, sondern wich seinem Blick aus, bis er ihr sanft einen Finger unters Kinn legte und ihren Kopf anhob. »Nicht«, bat sie tonlos.

»Warum nicht?«

Als seine Lippen die ihren streiften, hatte Irina das Gefühl, von elektrischen Ladungen durchflossen zu werden.

»Das ist nicht gut«, brachte sie etwas atemlos hervor.

Lars neigte den Kopf auf die Seite, hielt ihren Blick gefangen. »Nicht? Merkwürdig, ich kann mir momentan kaum etwas Besseres vorstellen.«

»Lars.« Sie schluckte, um das Schwanken aus ihrer Stimme zu eliminieren, und blickte zur Seite. »Ich habe nicht vor, etwas mit dir anzufangen.«

Er lächelte leicht. »Mir scheint, wir haben längst *etwas* angefangen.«

»Umso schlimmer. Dann hören wir besser sofort damit auf, bevor …«

»Bevor was?«

»Du weißt genau, was ich meine.«

»Sag es trotzdem.«

Irina zögerte. Sein intensiver Blick veranlasste sie, ihm doch wieder in die Augen zu sehen. »Ich will das nicht.«

Er näherte seine Lippen wieder den ihren, stoppte aber, bevor sie sich berührten. Er spürte, wie sich ihr Körper anspannte, und sah gleichzeitig das unstete Flackern in ihren Augen. »Bist du sicher?«

Ein vernehmliches Räuspern unterbrach die beiden. Als sie sich umdrehten, stieß Irina einen überraschten Laut aus. »Peter, was machst du denn hier? Ich dachte, du und Carmen helft auch beim Umzug. Julia sagte, dass ihr dort sein würdet.«

»Sind wir ja auch.« Peter grinste. »Ich bin kurz ausgerückt, um Bratwurst für alle zu besorgen.« Er wies auf die große isolierte Tüte, die an seinem Arm hing. Dann musterte er Lars. »Wir sind uns, glaube ich, noch nicht begegnet.«

Irina räusperte sich verlegen. »Ähm, Peter, das ist Lars Reuther, ein ... Kollege aus der Firma. Lars, das ist Peter Wigand, ein guter Freund von Daniel.«

Die beiden Männer schüttelten sich die Hände. Peter grinste vielsagend. »Ihr macht euch einen schönen Abend auf dem Weihnachtsmarkt, ja?« Angelegentlich streichelte er Nick über den Kopf, der daraufhin freudig um ihn herumsprang.

»Nein, wir ah ...« Irina wurde rot.

»Wir sind gerade dabei, nach einem Geschenk für meine Mutter zu suchen«, sprang Lars rasch ein und ignorierte dabei geflissentlich Irinas strafenden Blick. »Sie liebt Engelsfiguren über alles, und da dachte ich ...« Er wies auf die geschnitzten Figuren am Stand hinter ihm.

Peter nickte. »So eine Figur habe ich vergangenes Jahr

meiner Frau geschenkt. Sie war ganz begeistert.« Er blinzelte Irina zu. »Dann wünsche ich noch eine schöne Zeit. Jetzt muss ich aber rennen, sonst sind unsere Bratwürste kalt, bevor ich bei Timos Haus ankomme.« Er winkte noch einmal kurz und war wenig später in der Menschenmenge verschwunden.

»Toll«, grummelte Irina.

»Was meinst du?« Fragend sah Lars sie von der Seite an.

»Na, was schon? Er wird den anderen natürlich alles brühwarm erzählen, wenn er bei Timo ankommt.«

»Alles?«

Irina verdrehte genervt die Augen. »Ja. Eben ... alles.« Sie machte eine unbestimmte Geste.

Lars schmunzelte. »Irina?«

»Was?«

»Entspann dich.«

»Du kennst meine Familie nicht. Der morgige Adventskaffee wird schlimmer als die spanische Inquisition.«

»Dann lass uns die letzten Stunden vor deiner Hinrichtung noch genießen.«

»Das ist nicht witzig!«

Lars unterdrückte ein Lachen. »Komm schon, schau dir die Engelsfiguren an und sag mir, welche dir am besten gefällt.«

»Ich sag euch, da liegt eindeutig Liebe in der Luft«, schloss Peter seinen Bericht über das, was er nur eine Viertelstunde zuvor auf dem Weihnachtsmarkt beobachtet hatte. Julia, Daniel, Timo und Klarissa hingen ihm aufmerksam an den Lippen. Carmen, Peters Frau, zuckte mit den Schultern. »Warum nicht? Timo und Klarissa sind auch gemeinsam zur Schule gegangen und haben erst später herausgefunden, dass sie zusammengehören.«

Julia winkte ab. »Das ist etwas anderes. Zwischen Irina und Lars haben die Dinge nie sehr gut gestanden …«

»Wir haben einander auch nie sonderlich gemocht«, unterbrach Klarissa sie und lächelte Timo liebevoll zu. »Manchmal braucht es eben eine Weile, bis man die Dinge klar sieht.«

»Nein, was Julia meint, ist, dass die beiden eine gemeinsame Vergangenheit haben …«

»Umso besser!«

»Eine nicht sehr erfreuliche Vergangenheit.« Julia warf Klarissa einen vielsagenden Blick zu.

»Oh.«

»Sie will sich ganz sicher auf nichts mit ihm einlassen, und ich kann sie sogar verstehen.«

»So sah das aber vorhin nicht aus«, mischte Peter sich wieder ein. »Ihr könnt sagen, was ihr wollt, aber zwischen den beiden sind die Funken geflogen, dass es nur so knisterte. Ich hatte schon Angst, sie würden den Verkaufsstand in Flammen setzen.«

Julia verzog unbehaglich die Lippen. »Lars hat ihr damals ziemlich übel mitgespielt.«

»Sie sind beide erwachsen«, erinnerte Carmen sie.

»Mag sein. Trotzdem mache ich mir ein bisschen Sorgen.«

»Vielleicht sollten wir den beiden mal ein wenig auf den Zahn fühlen«, schlug Daniel vor. »Oder wenigstens Lars.

Wenn er es nämlich wagen sollte, meiner Schwester wehzutun, wird er mich kennenlernen.«

Julia sah ihren Mann skeptisch an. »Und wie willst du das anstellen? Den beiden auflauern oder Lars in seiner Wohnung überfallen?«

Daniel grinste. »Aber wo denkst du denn hin, mein Schatz? Nein, ich habe eine viel bessere Idee …«

14. Kapitel

Während Irina und Daniel von Stand zu Stand schlenderten, versuchte Elf-Siebzehn, so nah wie möglich an die beiden heranzukommen, um Nicks Aufmerksamkeit zu erregen. Santa Claus hatte ihn geschickt, um den Hund zu befragen, da Elf-Siebzehn von allen Elfen die Hundesprache am besten verstand. Dummerweise war auf dem Weihnachtsmarkt so viel Betrieb, dass es dem Elfen nicht gelang, unauffällig an Nick heranzukommen. Zwar konnten die meisten Erwachsenen ihn nicht sehen, es sei denn, sie glaubten noch an Elfen, aber die Kinder waren dazu sehr wohl in der Lage – und Kinder liefen an diesem Abend unzählige mit ihren Eltern über den Markt.

Vorsichtig huschte Elf-Siebzehn von Dekoration zu Dekoration, von Tannenbaum zu Tannenbaum und blieb schließlich hinter einer Mülltonne stehen. Von dort aus beobachtete er, wie Irina ein Paket mit Weihnachtsbaumkugeln und ein weiteres mit Strohsternen von der Verkäuferin eines Standes entgegennahm und in der großen Tüte verstaute, die Lars ihr fürsorglich aufhielt. Auch er war mit zwei Tüten bepackt und redete nun eindringlich auf Irina ein, die jedoch sehr zögerlich auf seine Worte reagierte.

Vorsichtig pirschte sich Elf-Siebzehn näher an die beiden heran, um möglicherweise etwas von ihrem Gespräch mitzubekommen. Ein leichter Windstoß fuhr ihn von hinten an und fegte ihm beinahe die spitze Mütze vom Kopf.

In diesem Moment wurde Nick auf ihn aufmerksam. Der Hund spitzte die Ohren und hob die Nase in den Wind, dann kam er vorsichtig näher. Rasch versteckte Elf-Siebzehn sich wieder hinter der Tonne. Da Irina die lange Flexileine entriegelt hatte, konnte Nick ungehindert bis zu Elf-Siebzehns Versteck gelangen. Als der Hund den Elfen erkannte, wedelte er erfreut und stieß ein kurzes, freundliches Bellen aus.

»Hallo, alter Freund«, begrüßte der Elf ihn leise und streichelte ihm über den Kopf. »Wie geht es dir? Gut, ja? Das freut mich zu hören.« Der Elf blickte an Nick vorbei auf Lars und Irina, die jedoch noch immer in ihren Disput vertieft waren und nicht auf den Hund achteten. Rasch wandte er sich wieder an Nick: »Pass auf, ich benötige noch einmal deine Hilfe …«

15. Kapitel

»Du hättest meine Tüten wirklich nicht extra bis hierher tragen müssen«, erklärte Irina nun schon zum x-ten Male, während sie ihre Wohnungstür aufschloss.

»Natürlich nicht«, stimmte Lars ihr zu. »Aber was für eine Art Gentleman wäre ich wohl, wenn ich es nicht getan hätte?«

Irina drehte sich zu ihm um. »Gar keiner.«

»Siehst du.«

Irina konnte sich ein Lächeln nicht verkneifen. »Also gut, möchtest du noch mit hereinkommen? Nachdem an den Essensständen so viel Betrieb war, ist es wohl das mindeste, wenn ich dich wenigstens hier zu einem kleinen Imbiss einlade.«

Lars blickte sie mit schräg gelegtem Kopf an. »Hast du denn überhaupt etwas Essbares im Haus?«

Irina reckte das Kinn. »Du wirst dich wundern.«

»Werde ich das?« Seine Stimme hatte sich zu einem tiefen Raunen gesenkt, das Irina kleine Schauer über den Rücken jagte. Rasch machte sie ein paar Schritte in Richtung der Küche, um aus seiner Reichweite zu entfliehen.

»Ich habe heute Morgen Tscholent aufgesetzt. Das ist ein jüdischer Eintopf mit Rind- und Kalbfleisch, Bohnen, Gemüse, Kartoffeln und Graupen. Das einzige Rezept, das mir blind gelingt«, setzte sie auf Lars' überraschten Blick mit einem Achselzucken hinzu. »Und meine Mutter hat mir gestern einen Beutel voll Challah mitgegeben. Sie backt die Hefezöpfe immer massenhaft vor den Adventswochenenden, damit nur ja jeder von uns genügend davon abbekommt. Ich kann sie rasch aufbacken und den Eintopf aufwärmen, wenn du möchtest.«

Lars hatte, während sie sprach, seinen Mantel ausgezogen und trat nun zu ihr in die Küche. »Da werde ich bestimmt nicht nein sagen«, antwortete er und sah ihr dann schweigend zu, wie sie das Essen aufwärmte. Nur wenige Minuten später saßen sie einander am Küchentisch gegenüber und ließen sich Challah und Tscholent schmecken. Auch Nick hatte einen Klecks Eintopf über das Futter in seinem Napf bekommen und schlang nun alles in sich hinein. Danach tappte er gähnend zu der Hundedecke, die Irina im Wohnzimmer für ihn ausgebreitet hatte, rollte sich darauf zusammen und schloss mit einem lauten Schnaufen die Augen.

Nachdem auch Irina und Lars ihre Teller geleert hatten, stellte Irina das Geschirr zusammen. Lars folgte ihr wie selbstverständlich zum Spülbecken und half ihr beim Spülen. Als sie fertig waren, reichte er ihr das Geschirrtuch, damit sie ihre Hände abtrocknen konnte.

Etwas verlegen blickte sie sich in der kleinen Küche um. »Mit einem so köstlichen Nachtisch wie deiner Panna Cotta kann ich heute leider nicht dienen.«

»Dafür hat der Hauptgang hervorragend geschmeckt«, erwiderte Lars mit einem anerkennenden Lächeln. »Was beweist, dass bei dir noch nicht Hopfen und Malz verloren sind.«

»Mach dir keine Hoffnungen, dass das zur Gewohnheit werden könnte. Ich koche nur, wenn mir der Sinn danach steht.«

Um Lars' Mundwinkel zuckte es. »Damit kann ich leben, solange zu diesen seltenen Gelegenheiten etwas so Gutes herauskommt.« Er drehte sich ein wenig, bis er direkt vor ihr stand, und legte ihr die Hände auf die Arme, so dass sie zwischen ihm und der Spüle gefangen war. »Was das Dessert angeht, so hätte ich da durchaus eine Idee … und sie ist vollkommen kalorienfrei.« Er näherte sein Gesicht dem ihren, doch bevor er sie küssen konnte, legte sie ihm beide Hände auf die Brust und hielt ihn auf. »Lars.« Sie schluckte und versuchte mit purer Willenskraft, ihren Herzschlag zu veranlassen, sich wieder zu beruhigen. »Ich weiß nicht, ob ich das will.«

Ernst blickte er ihr in die Augen. »Ich werde dich ganz sicher zu nichts drängen«, sagte er.

»Gut.« Sie atmete etwas zittrig aus und ließ die Hände wieder sinken. »Weil ich mich auch nicht zu etwas drängen lassen werde.«

Ein Lächeln trat in seine Augen. »Aber das hindert mich nicht daran, zu versuchen, dich zu überreden.« Bevor sie darauf antworten konnte, senkte er seine Lippen auf ihren Mund und verharrte dort, bis er spürte, dass sie nachgab und den Kuss erwiderte. Ein warmes Gefühl durchflutete seinen Körper und veranlasste ihn, Irina fest in seine Arme zu ziehen. Es dauerte nicht lange, bis das sanfte Spiel ihrer Lippen leidenschaftlicher wurde. Er verstärkte den Druck ein wenig, bis sich ihre Lippen teilten und er den Kuss vertiefen konnte. Der kehlige Laut, der unwillkürlich aus Irinas Kehle drang, erhitzte sein Blut. Als sich ihre Zungen berührten, hatte er das Gefühl, Tausende kleine Blitze würden durch seine Adern zucken. Er spürte, wie sie sich erst an seinen Hüften festhielt. Dann wanderten ihre Hände nach oben, fuhren über seinen Brustkorb und umfassten schließlich seine Schultern.

Atemlos brach er den Kontakt und wartete, bis sie ihre Augen öffnete und ihn ansah. »Was meinst du – funktionieren meine Überredungskünste?«

Irina atmete ebenso heftig wie er; ihre Stimme klang ein wenig rau, als sie antwortete: »Ich fürchte … ja.«

Sekundenlang sahen sie einander nur an. Schließlich kam sie ihm eine Winzigkeit entgegen, ihre Lippen trafen zu einem erneuten leidenschaftlichen Kuss aufeinander. Lars ließ seine Hände über ihren Rücken wandern, zupfte an Irinas schlichter schwarzer Seidenbluse, zog sie schließlich aus dem Bund ihrer dunkelblauen Jeans und fuhr mit den Fingerspitzen über die glatte Haut, die er unter dem Stoff vorfand. Irinas eindeutiges Erschauern ließ ihn mutiger werden. Seine Hände streiften über ihre Taille und dann weiter nach oben, bis er auf ihren spitzenbesetzten BH traf. Einen Moment hielt er inne, doch da sie nicht protestierte, umschloss er eine ihrer Brüste mit der Hand.

Kurz streifte ihn der Gedanke, dass er Irina eigentlich zunächst von den Dingen erzählen wollte, die er vor einiger Zeit von einem ihrer ehemaligen Schulkameraden erfahren hatte. Er wollte dies tun, bevor sie so weit gingen, wie sie es jetzt taten. Doch nun, da er angefangen hatte, brachte er nicht mehr genug Kraft und Selbstbeherrschung auf, sich noch einmal von ihr zu lösen. Sein Körper hatte die Regie über sein Tun übernommen, und als er spürte, wie Irina ungeduldig an seinem Hemd herumzerrte, wusste er, dass es ihr ebenso ging. Das Gespräch würde also noch ein Weilchen warten müssen.

Als Irina es endlich geschafft hatte, Lars' Hemd aus

dem Bund seiner Hose zu ziehen, stieß sie einen kehligen, triumphierenden Laut aus. Ihre Hände fuhren unter den Stoff. Lars stieß ein unterdrücktes Stöhnen aus; sie taumelten etwas und bewegten sich, ohne voneinander abzulassen, in Richtung des Schlafzimmers.

Als sie zusammen auf Irinas Bett landeten, klappte Nick kurz ein Auge auf, schielte in Richtung des Schlafzimmers, schnaufte noch einmal laut und schloss das Auge wieder.

Am Sonntagmorgen erwachte Irina sehr früh. Als sie die Augen aufschlug, war es noch dunkel. Lediglich der beleuchtete Stern an ihrem Fenster spendete ein diffuses Licht. Sie waren erst weit nach Mitternacht eingeschlafen, und sie lag noch immer mit dem Kopf an Lars' Schulter. Mit einem Arm hatte er sie im Schlaf nah an sich gezogen. Ihre Hand ruhte auf seinem breiten Brustkorb, so dass sie seinen ruhigen, stetigen Herzschlag spürte. Bei der Erinnerung an die Ereignisse des vergangenen Abends durchrieselte sie ein leichter Schauer, zugleich angenehm und alarmierend. Wie um alles in der Welt sollten sie von hier aus weitermachen? Sie hatte den Kopf verloren, obgleich sie sich geschworen hatte, dass es nicht dazu kommen würde.

»Ich kann genau spüren, wie deine Gedanken wieder in die Realität zurückkehren«, sagte Lars ruhig.

Irina zuckte erschrocken zusammen und hob ein wenig den Kopf. »Du bist wach?«

Ihre Blicke trafen sich, und er lächelte. »Schon ein Weilchen. Lange genug, um zu merken, dass du anfängst, nachzudenken … und dich zu verspannen.« Unvermittelt richtete er sich auf, drehte sich und war im nächsten Moment halb über ihr. Irina rang überrascht nach Atem, als er sie küsste. »Vielleicht sollte ich versuchen, deine Gedanken noch ein bisschen abzulenken«, raunte er, während seine Hände in eindeutiger Weise auf Wanderschaft über ihren Körper gingen. Irina reagierte, wie er es sich erhofft hatte.

Als sie endlich beschlossen, dass es an der Zeit war, das Bett zu verlassen, war die Sonne längst aufgegangen.

16. Kapitel

»Ähem.« Santa Claus schaltete rasch den Videobildschirm ab. »Ich denke, das geht uns jetzt wirklich nichts mehr an«, befand er mit einem schiefen Grinsen.

»Nein, ganz sicher nicht«, stimmte Elf-Siebzehn ihm zu, der soeben seinen Bericht über das Zusammentreffen mit Nick auf dem Weihnachtsmarkt abgegeben hatte.

Der Weihnachtsmann tippte sich mit dem Zeigefinger nachdenklich gegen die Lippen. »Glaubst du wirklich, das gibt Probleme? Ich meine, sieh dir die beiden doch an … oder vielleicht im Augenblick besser nicht. Auf mich machen sie den Eindruck, dass sie sich bestens verstehen.« Er räusperte sich verlegen.

»Ich fürchte, dass das noch nicht das Happy End ist«, bestätigte Elf-Siebzehn. »Nach allem, was Nick erzählt hat, scheint Irina ein schwieriger Fall zu sein. Sie vertraut Lars nicht, und das kann die Beziehung der beiden ganz schnell in Schwierigkeiten bringen.«

»Vor allem, weil er ihr etwas verheimlicht«, kam von der Tür die Stimme von Elfe-Acht.

Santa Claus und Elf-Siebzehn drehten sich überrascht zu ihr um. Die kleine Kundschafter-Elfe trat in das Büro. »Ich habe ein paar Nachforschungen angestellt. Was ich herausgefunden habe, wird dir nicht gefallen, Santa.«

»Warum nicht? Ist Lars etwa verheiratet?«

»Nein, das nicht«, antwortete Elfe-Acht schnell. »Aber wie ich schon sagte, er verheimlicht ihr etwas, dass er ihr gleich zu Anfang hätte sagen müssen. Es hat etwas mit den Ereignissen zu tun, die die beiden ursprünglich auseinandergebracht haben.«

Santa Claus fuhr sich durch den Rauschebart. »Und was jetzt?«

Elfe-Acht zuckte mit den Schultern. »Wir können hoffen, dass nach allem, was heute geschehen ist – und noch geschieht – doch alles gut wird. Allerdings solltest du dir wohl vorsichtshalber einen Plan B überlegen, Santa. Denn ich habe kein gutes Gefühl dabei.«

17. Kapitel

Nervös tigerte Irina in ihrer Wohnung herum. Nach einer gemeinsamen Tasse Kaffee anstelle eines Frühstücks war Lars gegangen. Er hatte weder auf ein erneutes Treffen gedrängt noch den Eindruck vermittelt, die vergangene Nacht sei für ihn eine einmalige Sache gewesen. Irina wusste nicht recht, was sie davon halten sollte. Natürlich waren sie beide erwachsen, ungebunden und frei in ihren Entscheidungen. Es gab keinerlei Grund, die Ereignisse überzubewerten.

»Verdammt!« Irina hieb mit der Faust auf die Rückenlehne ihrer Couch, neben der sie gerade stand. Ohne wirklich etwas wahrzunehmen, starrte sie aus dem Wohnzimmerfenster hinunter auf die Straße. Wenn sie nicht sehr achtgab, würde sie denselben Fehler ein zweites Mal begehen und ihr Herz verlieren. »Auf gar keinen Fall«, sagte sie laut und mit so viel Entschlossenheit, wie sie aufbringen konnte. Sehr überzeugend klang es nicht, wie sie feststellen musste. Ratlos fuhr sie sich mit den Fingerspitzen über die Augen. Sie wusste nicht einmal, was sie auf die Fragen ihrer Familie antworten sollte, die am Nachmittag so sicher wie das Amen in der Kirche auf sie warten würden.

Sie beruhigte sich mit dem Gedanken, dass niemand wusste, dass Lars die Nacht in ihrem Bett verbracht hatte. Sie waren zusammen auf dem Weihnachtsmarkt gewesen, das war ja nicht verboten und überdies vollkommen unverfänglich. Vielleicht konnte sie mit diesem Argument den Inquisitoren, wie sie ihre Familienmitglieder insgeheim manchmal gerne nannte, den Wind aus den Segeln nehmen. Ihre Neugier konnte Irina ihnen nicht verübeln, war sie doch, wenn es jemand anderen aus der Familie betraf, meist an vorderster Front, wenn es darum ging, Neuigkeiten zu erfahren. Das gehörte bei den Rosenbaums einfach dazu. Nun jedoch würde sie selbst das Ziel der Fragen sein, und das gefiel ihr nicht, wusste sie doch selbst nicht, wo genau sie stand.

Nick, der Irinas Unruhe spürte, stand von seiner Decke auf, tappte zu ihr und stieß sie mit seiner kalten Nase an. Irina blickte überrascht auf ihn hinab und ging dann vor ihm in die Hocke, streichelte das weiche Fell um seine Ohren. »Du kannst mir auch nicht helfen, was?«, fragte sie.

Nick stupste sie erneut an und leckte ihr übers Kinn.

Irina lachte. »Schon gut, ich hab schon verstanden. Ich soll die Sache nicht so schwernehmen, wie?« Sie seufzte. »Wenn das so einfach wäre.«

Entschlossen richtete sie sich wieder auf. »Komm, Nick, wir drehen noch eine Runde und fahren danach zu meinen Eltern.«

»Hattest du Erfolg?«, wollte Julia wissen, nachdem Daniel von seinem morgendlichen Botengang zurückgekehrt war. Auch Timo und Klarissa, bei denen die beiden übernachtet hatten, nachdem sie bis spät in die Nacht Umzugskisten und Möbel geschleppt hatten, kamen dazu.

Gemeinsam setzten sie sich an den Küchentisch, und Daniel berichtete: »Mehr, als mir lieb war. Als ich bei Lars' Wohnung ankam, hat dort niemand aufgemacht. Also bin ich erst mal zu Irina. Und wer, glaubt ihr, kam mir an der Haustür entgegen?«

»Lars«, schloss Julia mit einem Lachen. »Das war nicht schwer zu erraten. Nach allem, was ich gestern in ihrer Wohnung gesehen habe, hatte ich mir Ähnliches schon gedacht.«

»Warum hast du mich dann erst zu Lars' Wohnung geschickt?«, wollte Daniel irritiert wissen.

Julia lachte wieder. »Reine Vorsichtsmaßnahme. Ich hätte mich ja auch irren können. Aber nachdem dies nicht der Fall war, hast du ja die richtigen Schlüsse gezogen.« Sie wurde wieder ernst. »Er hat also die Nacht bei ihr verbracht.«

»Mhm.« Daniel runzelte die Stirn. »Und nach dem zufriedenen Ausdruck auf seinem Gesicht haben sie die Zeit nicht mit Streiten verbracht.«

»Was ja auch eine schreckliche Zeitverschwendung gewesen wäre«, fügte Klarissa hinzu. Daniel warf ihr einen gereizten Blick zu, der sie auflachen ließ. »Du liebe Zeit, sie ist achtundzwanzig! Lass ihr doch den Spaß.«

»Hier geht es nicht um Spaß, sondern um das Herz meiner Schwester«, knurrte Daniel, riss sich dann aber zusammen. »Ich hab ihn natürlich angesprochen. Er war ein bisschen verlegen, denke ich«, erzählte er, nun mit einem zufriedenen Zug um den Mund. »Was ich in dieser Situation für durchaus angebracht halte.«

»Hat er angebissen?«, wollte Julia wissen.

Daniel nickte. »Hat er. Obwohl ich ihm zugutehalten muss, dass er erst nicht darauf eingehen wollte. Er meinte, er wolle Irina nicht einfach so überfahren.«

»Ein gutes Zeichen«, befand Timo.

»Warten wir es ab«, schränkte Daniel rasch ein. »Noch ist nicht aller Tage Abend.«

»Gut, dass du so früh da bist, Irina«, begrüßte Silvia Rosenbaum ihre Tochter. Sie trug einen hochvollen Wäschekorb vor sich her, der in interessantem Gegensatz zu ihrem eleganten dunkelgrünen Kostüm und den sorgfältig frisierten, schulterlangen blonden Haaren stand. »Würdest du mir den hier bitte abnehmen? Ich muss dringend in die Küche, sonst brennen mir die Plätzchen an.«

»Aber klar, Mama.« Irina nahm ihrer Mutter den Wäschekorb ab und gab gleichzeitig Nicks Leine an Patrick, ihren zehnjährigen Neffen, der sogleich mit dem Hund im Wohnzimmer verschwand. »Ist das Adventschaos schon ausgebrochen?«

Silvia lachte. »Nicht ganz, aber Erik hat Patrick und Marina vorhin schon hier abgesetzt, und dein Vater hat beschlossen, ausgerechnet heute mit Janus zu diesem Antiquitätenhändler in der Innenstadt zu fahren, weil der einen Tag der offenen Tür hat. Ich rotiere also ein bisschen. Entschuldige mich, die Plätzchen …« Damit rauschte Silvia davon. Irina schmunzelte und trug den Wäschekorb hinunter in den Keller. Sie kam oft und gerne in ihr Elternhaus zu Besuch. Es fühlte sich für Irina einfach richtig an, Teil dieser großen, chaotischen Familie zu sein. Und ein paar Stunden hier waren praktisch die Garantie dafür, auf andere Gedanken zu kommen, sich von allem, was sie beschäftigte, abzulenken. Zumindest für eine Weile.

Irina half ihrer Mutter beim Vorbereiten und Ausstechen der Plätzchen; das Verzieren übernahm die zwölfjährige Marina. Danach gönnten sie sich in aller Eile einen kleinen Mittagsimbiss. Während Silvia sich danach zu einem Mittagsschläfchen zurückzog, nahm Irina ihre Nichte und ihren Neffen mit auf einen großen Spaziergang mit Nick und hörte sich die neuesten Neuigkeiten der beiden an. Als sie über eine Stunde später zurückkehrten, waren ihre Geschwister und deren Familien bereits vollzählig eingetroffen. Das Haus summte nur so von Stimmen und Gelächter, Kinder rannten herum, Janus und Aaron waren gerade dabei, zwei silberne Stehlampen ins Haus zu tragen, die sie offenbar in dem Antiquitätengeschäft erstanden hatten.

Nachdem Irina reihum jeden begrüßt hatte, half sie Lidia beim Decken des großen Esstischs, während ihre Schwägerinnen Silvia in der Küche halfen, literweise Kaffee aufzubrühen und das Gebäck auf Platten und in Schüsseln anzurichten. Hin und wieder hatte Irina das Gefühl, von den anderen neugierig beäugt zu werden. Zum Glück waren wenigstens Klarissa und Timo heute nicht hier, das reduzierte die Anzahl der Inquisitoren ein wenig. Allerdings war Irina sich nicht sicher, inwieweit Daniel und Julia ihre anderen Geschwister bereits über die neuesten Gerüchte in Kenntnis gesetzt hatten. Die Blicke, die zwischen ihren Familienmitgliedern hin und her flogen, entgingen ihr nicht, und sie befürchtete bereits das Schlimmste.

Als es an der Tür klingelte, jedoch zunächst niemand reagierte, stellte Irina rasch den Stapel Teller auf dem Tisch ab, den sie gerade aus der Küche geholt hatte. »Erwartet ihr noch jemanden?«, fragte sie ihren Vater, der gerade vor einer der hübschen Stehlampen kniete, um sie an eine Steckdose anzuschließen.

Er zuckte nur die Achseln. »Nicht, dass ich wüsste.«

Als es erneut klingelte, streckte Silvia den Kopf zur Küchentür heraus. »Mach doch mal jemand auf!«

Irina seufzte und eilte hinaus in den Flur. Sie riss die Haustür auf und rang verblüfft nach Atem, als sie Lars erkannte. »Was machst du denn hier?« Ihr Herz geriet gefährlich aus dem Takt, als er sie anlächelte, auf sie zu trat und ihr einen raschen Kuss gab. »Ich wurde eingeladen.«

»Was? Von wem? Ich meine ...« Die Worte verhaspelten sich in ihrem Mund.

»Ach, da bist du ja, Lars!«, rief in diesem Moment Julia. »Und pünktlich auch noch. Wie schön! Komm doch herein und setz dich zu uns. Ich darf doch du sagen, nicht wahr? Der Kaffee ist ganz frisch, ebenso die Kekse. Wenn du dich beeilst, kriegst du sogar ein paar ab, bevor die Horden darüber herfallen.«

Ohne auf Irina zu achten, hakte sich Julia bei Lars ein und zog ihn mit sich ins Esszimmer. Irina starrte den beiden irritiert nach, fasste sich aber rasch wieder, als sie Daniels zufriedenes Grinsen sah. Erbost ging sie zu ihm und zerrte ihn grob mit sich ins Wohnzimmer. »Wessen Idee war das?«, zischte sie.

Daniel grinste nur. »Eine gemeinschaftliche. Wir dachten, es wäre nett, wenn dein Freund sich der Familie vorstellt. Und was wäre wohl dazu passender als unser Familien-Adventskaffee?«

»Er ist nicht mein Freund!«

»Ach nein?« Daniel hob die Brauen und dirigierte Irina vorsichtig zurück ins Esszimmer. »Dann habe ich da wohl etwas falsch verstanden. Ich dachte, da Lars doch bereits die vergangene Nacht bei dir verbracht hat, könnte man ihn durchaus als deinen Freund bezeichnen. Oder ist da vielleicht sogar noch ein bisschen mehr, wovon wir noch nichts wissen?«

»Daniel!« Entsetzt stieß Irina ihrem Bruder den Ellenbogen in die Rippen, dessen Stimme von Wort zu Wort lauter geworden war, so dass ihn auch jeder im Raum hören konnte. »Halt gefälligst die Klappe!«

»Na, na, was sind das denn für Manieren!«, tadelte Aaron Rosenbaum seine Tochter milde. Er hatte sich mittlerweile wieder vom Fußboden erhoben und war auf Lars zugegangen. Mit einem freundlichen, gleichwohl jedoch aufmerksamen Lächeln streckte er die Hand aus, die Lars ohne Zögern ergriff. »Guten Tag, Herr Reuther. Sie haben sich also mit der Tochter des Chefs angefreundet, ja?«

Lars lächelte leicht. »Wenn Sie es so nennen möchten.«

»Nun setzt euch doch endlich mal alle hin!«, forderte Silvia die Anwesenden in diesem Moment ungeduldig auf. Lars wandte sich ihr zu und reichte ihr eine sechseckige Schachtel, die Irina bisher noch gar nicht aufgefallen war. Silvia nahm sie überrascht entgegen, und er erklärte: »Auch wenn Sie offenbar ganze Armeen mit selbstgebackenen Plätzchen zu versorgen wissen, möchten Sie diese hier vielleicht später in aller Ruhe probieren. Verschiedene Makronen nach alten Rezepten meiner Großmutter.«

»Oh.« Silvia strahlte. »Wie nett von Ihnen. Vielen Dank. Haben Sie die selbst gebacken?«

»Aber sicher doch.« Mit einem kurzen Seitenblick zu Irina fuhr er fort: »Als Mann von heute sollte man die eine oder andere häusliche Fähigkeit besitzen, nur für den Fall, dass die eine oder andere Frau von heute dies nicht tut.«

Silvia lachte auf. »Da könnte etwas dran sein.«

»Was für ein Fang!«, raunte Julia Irina zu, als diese zu ihrem Platz ging und sich setzte. Irina zuckte zusammen, kam jedoch nicht dazu, etwas zu erwidern. Lars erhielt natürlich den Platz neben ihr, was den Aufruhr in ihrem Inneren nicht gerade beruhigte. Insgeheim schwor sie sich, Daniel und Julia diese Sache heimzuzahlen. Sie kam jedoch nicht dazu, weitere Rachepläne zu schmieden, da die befürchtete Inquisition sich bereits in Gang setzte.

»Erzähl mal«, forderte Julia Irina auf, während sie ihr Kaffee eingoss. »Hattet ihr einen schönen Abend auf dem Weihnachtsmarkt? Daniel und ich wollen auch unbedingt noch hingehen.«

»Es war sehr nett«, rang sich Irina zu einer Antwort durch.

»Hast du Klaus getroffen?«, wollte ihr Vater wissen.

»Natürlich. Ich soll euch von ihm grüßen.«

»Klaus ist der Besitzer des alten Karussells«, wandte sich Daniel an Lars. »Als Kind ist Irina stundenlang darauf gefahren. Ob Kirmes oder Weihnachtsmarkt, wenn wir glaubten, sie verloren zu haben, war das Karussell der Ort, an dem wir sie mit ziemlicher Sicherheit wiederfinden konnten.«

Lars nickte lächelnd. »Ich erinnere mich, als kleiner Junge ebenfalls das eine oder andere Mal mitgefahren zu sein.«

»Ja, ja, solche Erinnerungen sind doch die schönsten, nicht wahr?«, befand Aaron. »Dann hattet ihr also einen netten Abend.«

»Wir haben ein sehr schönes Geschenk für meine Mutter gefunden«, bestätigte Lars. »Auch Irina hat ein paar Geschenke gekauft, aber natürlich werde ich darüber weiter nichts verraten. Nicht, dass es am Ende heißt, ich hätte die Überraschung verdorben.«

»Das wollen wir natürlich nicht«, bestätigte Silvia. »Aber ich hoffe doch, Sie haben Irina danach auch sicher nach Hause begleitet. Unsere Stadt ist zwar klein, aber dennoch mag ich es nicht sehr, wenn eine meiner Töchter abends im Dunkeln alleine durch die Straßen gehen muss.«

»Mama, ich hatte Nick dabei«, warf Irina hastig ein, in der Hoffnung, das Gespräch in sicherere Gewässer zu lenken, doch zu spät.

»Wenn ich Daniels Kommentar von eben recht gedeutet habe, hat Herr Reuther das sehr wohl getan«, sagte Aaron in jovialem Ton, allerdings mit wachsamem Blick.

»Oh? Was für einen Kommentar meinst du denn?«, hakte Silvia denn auch sogleich nach. »Ich war vorhin in der Küche so beschäftigt, dass ich gar nichts mitbekommen habe.«

»Ganz einfach«, antwortete Daniel an Stelle seines Vaters. »Ich sagte nur, dass man Lars doch wohl als Irinas Freund bezeichnen könne, da er doch sogar die Nacht bei ihr verbracht hat.«

Am Tisch wurde es still. Irina warf Daniel einen mörderischen Blick zu.

»Ach, hat er das?« Silvia musterte Lars mit neu erwachtem Interesse.

»Nun, zumindest gehe ich davon aus, denn ich traf ihn

heute früh, als er ihre Wohnung verließ«, bestätigte Daniel mit einem Feixen in Irinas Richtung.

Silvia, der Irinas finstere Miene natürlich aufgefallen war, überlegte, ob es sinnvoll war, die Wogen zu glätten oder doch eher, mehr über die Beziehung der beiden herauszufinden. Sie entschloss sich für Letzteres. »Nun, die beiden sind erwachsen«, sagte sie in heiterem Ton. »Ich bin nur froh, dass Irina einen Begleiter nach Hause hatte. Bei Ihnen scheint sie mir doch recht sicher zu sein, nicht wahr, Herr Reuther?«

»Ohne Zweifel«, antwortete er lächelnd.

»Und zum Dank hat Irina Sie dann in ihre Wohnung eingeladen«, fügte Aaron in trockenem Ton hinzu.

»Zum Essen«, beeilte sich Lars anzufügen. »Sie hatte hervorragenden Tscholent gekocht. Da auf dem Weihnachtsmarkt derart großer Betrieb war, dass wir an den Würstchenbuden ewig hätten warten müssen, war das eine praktische Alternative.«

»Praktisch, mhm.« Aarons Blick wanderte neugierig zwischen Lars und Irina hin und her.

»So, so, wie nett.« Silvias Ton blieb beiläufig. »Und dann sind Sie also über Nacht geblieben.« Sie schwieg einen Moment, richtete dann ihren Blick auf ihre Tochter. »Ich will doch wohl stark hoffen, dass ihr verhütet habt.«

Irina zuckte entsetzt zusammen und spürte, wie ihr die Hitze in die Wangen schoss. »Mama!«

Silvia tat, als verstünde sie Irinas Reaktion nicht. »Was denn?«

»Würdet ihr bitte damit aufhören?«

»Womit aufhören?« Silvia lächelte fein.

»Du weißt schon.«

»Was weiß ich schon?«

Irina verdrehte die Augen.

Silvia legte den Kopf schräg. »Ich habe nur eine einfache Frage gestellt.« Aus den Augenwinkeln beobachtete sie Lars, der amüsiert schmunzelte und dann zu beschließen schien, dass es an der Zeit war, Irina beizustehen.

»Keine Sorge«, sagte er an Silvia gewandt. »Ich denke, wir wissen, was wir tun. Aber vielleicht sollten wir die Details ein andermal besprechen.«

Silvia lachte. »Nein, nein, keine Angst. Ich will gar keine Details wissen.«

»Ich schon«, warf Aaron ein. »Also keine Details zu eurem Abend, bloß das nicht.« Er räusperte sich. »Was mich interessiert, ist vielmehr, ob wir uns an Ihre Anwesenheit in unserer Runde gewöhnen dürfen oder nicht.«

»Paps!« Entgeistert starrte Irina ihren Vater an. Solche direkten Fragen war sie von ihm nicht gewöhnt. Bei ihren Brüdern hatte er sich wesentlich zurückhaltender gegeben, wenn sie jemanden mitgebracht hatten.

Aaron musterte Irina aufmerksam. »Ja, mein Kind?«

»Können wir bitte das Thema wechseln?«

»Sobald ich von deinem Freund eine Antwort erhalten habe.«

»Er ist nicht mein ...« Irina verstummte, als sie Lars' Blick auf sich ruhen spürte. »Können wir die ganze Sache bitte vertagen?«

»Leider nicht. Dazu sind mir meine Töchter zu lieb und

teuer«, erwiderte Aaron ruhig und wandte sich an Lars. »Also, Herr Reuther?«

Lars warf Irina einen kurzen Seitenblick zu, bevor er antwortete: »Ich nehme an, Ihre Frage ist berechtigt, nachdem ich ja für Sie arbeite, Herr Rosenbaum. Und ich möchte betonen, dass es nicht meine Absicht war, mir die Tochter des Chefs zu angeln. Da es sich nun aber so ergeben hat, möchte ich Ihnen Folgendes antworten: Ich liebe Irina und hätte ganz sicher nichts dagegen, auch zukünftig im Kreis Ihrer Familie gern gesehen zu sein.«

Irina fuhr bei Lars' Worten zu ihm herum und hätte beinahe ihre Tasse umgeworfen. Alles Blut schien aus ihrem Kopf zu weichen. »Was sagst du da?«

Lars wandte sich ihr ruhig zu. »Dass ich dich liebe.«

»Bist du wahnsinnig?« Mit einem Ruck schob Irina ihren Stuhl zurück und sprang auf. Sie packte Lars unsanft am Arm und zerrte ihn ebenfalls hoch.

»Hey, hey, was ist denn nun los?«, wollte Aaron verwundert wissen.

Irina beachtete ihn jedoch gar nicht, sondern zog Lars mit sich hinaus. »Komm mit, Reuther, ich habe mit dir zu reden!«, fauchte sie.

Nachdem die beiden zur Tür hinaus verschwunden waren, blickten sich die zurückgebliebenen Familienmitglieder etwas betreten an.

»So viel zum Thema positive Konditionierung«, murmelte Janus.

»Wie bitte?« Irritiert blickte Silvia ihn an.

Janus winkte ab. »Ach, nichts.«

18. Kapitel

»O je, ich hab es ja befürchtet«, rief Elfe-Acht und sprang von dem Ast der großen Buche hinab, die im Garten der Familie Rosenbaum stand und von der aus sie die Vorgänge im Haus beobachtet hatte. Rasch zückte sie ihr Handy und drückte eine Kurzwahltaste. »Elf-Zwei? Wo bist du gerade? Komm sofort zum Haus der Rosenbaums. Wir haben ein Problem mit Irina und Lars. Ja, genau. Ich habe ganz schlimme Schwingungen aufgefangen. Die beiden sind gerade aus dem Esszimmer verschwunden. Ich kann nicht näher heran, weil so viele Kinder dort sind. Sie könnten mich sehen.«

Vorsichtig pirschte sich Elfe-Acht an die Terrassentür heran und spähte hinein, dann ging sie um die Hausecke herum, um die Eingangstür im Auge zu behalten. »Ich hatte von Anfang an kein gutes Gefühl bei der Sache. Wenn Lars ihr doch nur gleich die Wahrheit gesagt hätte. Jetzt kann es sein, dass er alles kaputtgemacht hat.« Besorgt beobachtete die Elfe, wie sich die Haustür öffnete und Irina herausgestürmt kam. Lars folgte ihr auf dem Fuße.

»Komm rasch, Elf-Zwei«, flüsterte Elfe-Acht in ihr Handy. »Ich schaffe das hier nicht allein. Ich muss Irina folgen, und du solltest dich an Lars' Fersen heften.«

Die Elfe schaltete ihr Handy ab, schlich noch weiter um die Hausecke herum in Richtung Haustür und sah sorgenvoll mit an, was sich zwischen ihren beiden Schützlingen abspielte.

19. Kapitel

Irina hatte das Gefühl, ihr Herz habe sich in einen Presslufthammer verwandelt. Wütend rauschte sie in den Flur, riss ihre Jacke und Lars' Mantel von den Garderobenhaken und war bereits zur Haustür hinaus, bevor er noch etwas sagen konnte.

Lars folgte ihr jedoch auf dem Fuße und hielt sie schließlich kurz vor der Gartenpforte auf. »Irina, nun warte doch mal!«

Sie fuhr zu ihm herum. »Nein, du wartest mal!«, fuhr sie ihn an. »Was sollte das eben da drinnen?«

»Was meinst du?«

»Du weißt ganz genau, was ich meine, Reuther. Was hast du da für einen Unsinn geredet?«

Bedächtig nahm Lars ihr seinen Mantel ab und warf ihn sich über, während sie weiterschimpfte.

»Du kannst nicht einfach vor meiner versammelten Familie behaupten, dass du … dass du …« Sie geriet ins Stottern und verstummte.

»Dass ich dich liebe? Warum nicht?«

»Weil es nicht wahr ist.«

»Wie kommst du darauf?«

Irina starrte ihn so böse an, dass er beinahe zurückgewichen wäre. »Ich will nicht, dass du so etwas jemals wieder sagst.«

»Irina.« Lars seufzte und trat doch wieder einen Schritt auf sie zu, vermied es jedoch, sie zu berühren. »Vielleicht habe ich dich damit ein wenig überfallen, aber nachdem dein Vater auf einer ehrlichen Antwort bestanden hatte, fand ich, dass jetzt ein ebenso guter Zeitpunkt wäre wie jeder andere.«

»Das ist vollkommen verrückt!«, rief Irina.

»Vielleicht ist es das, aber das ändert nichts an den Tatsachen.«

»An den Tatsachen?« Irinas Stimme kippte beinahe über. »Ich werde dir sagen, was die Tatsachen sind. Du hast dich in mein Leben gedrängt, obwohl ich es nicht wollte. Mag sein, dass ich in einem schwachen Moment nicht genug achtgegeben habe. Aber dafür tue ich es jetzt, Lars Reuther. Ich will, dass du auf der Stelle wieder aus meinem Leben – und dem meiner Familie – verschwindest.«

Lars hörte ihr ruhig zu. Als sie geendet hatte und ihn auffordernd anstarrte, antwortete er: »Diesen Gefallen werde ich dir, so leid es mir tut, nicht tun können. Wir arbeiten zusammen, und wir haben eine gemeinsame Vergangenheit, über die …«

»Über die ich kein Wort hören will«, schrie Irina ihn aufgebracht an. »Glaubst du, ich gehe dir noch einmal auf den Leim? O nein, Reuther, wenn du das glaubst, bist du auf dem Holzweg.«

»Irina, wenn du mir nur einen Augenblick zuhören würdest …«

»Ich will kein Wort mehr hören! Es ist schlimm genug, dass du die gleiche Nummer zweimal abziehst. Dass du aber diesmal sogar meine Familie mit hineinziehst, ist wirklich die Höhe. Das werde ich dir nie verzeihen.« Sie wandte sich ab und stapfte ein paar Schritte auf die Pforte zu. »Ich will, dass du von hier verschwindest.«

Lars, der einsah, dass mit Irina im Augenblick nicht zu reden war, nickte. »Also gut, ich gehe. Aber das ändert nichts daran, dass ich meine, was ich gesagt habe. Wir sehen uns morgen auf der Baustelle.«

Irina erwiderte nichts darauf, sondern sah ihm mit brennendem Blick zu, wie er zu seinem Auto ging und ohne einen Blick zurück davonfuhr. Dann machte sie auf dem Absatz kehrt und stürmte zurück ins Haus. In der Tür zum Esszimmer blieb sie stehen und spürte sofort die Blicke aller auf sich. »Okay«, sagte sie mit seltsam belegter Stimme. »Die Show ist vorbei, Leute.«

»Wo ist Lars?«, wollte Daniel wissen.

»Gegangen«, antwortete Irina kurz angebunden. »Und das werde ich jetzt auch tun. Entschuldigt mich, mir ist der Appetit auf Plätzchen gründlich vergangen.« Damit wandte sie sich wieder ab und verließ das Haus.

Julia wollte sich erheben, um ihr zu folgen, doch Silvia legte ihr rasch eine Hand auf den Arm. »Ich glaube, wir lassen sie jetzt erst mal in Ruhe.«

»Aber habt ihr nicht gesehen, wie blass sie ist? Sie sah aus, als würde sie gleich zusammenklappen«, protestierte Julia.

»Glaub mir, es ist besser, wir lassen sie erst mal allein«, sagte Daniel. »Wenn sie derart aufgeregt ist, handelst du dir bloß ein blaues Auge ein. Helfen kannst du ihr jetzt nicht.«

»Dann fahre ich aber wenigstens heute Abend bei ihr vorbei.«

»Das ist eine gute Idee«, befand Silvia. »Bis dahin hat sie sich hoffentlich ein wenig beruhigt.«

»Kann mir vielleicht mal jemand erklären, was der ganze Zirkus soll?«, verlangte Aaron gereizt.

Daniel räusperte sich. »Wir hatten uns überlegt, Irina und Lars ein bisschen auszufragen, was ihre Beziehung angeht.«

»Was ihr ja auch getan habt«, mischte Lidia sich in vorwurfsvollem Ton ein. »Es war ja schon fast peinlich!«

»Normalerweise ist Irina nicht so empfindlich«, gab Silvia zu bedenken.

»Normalerweise geht es auch nicht um Lars«, erwiderte Julia besorgt. »Ich fürchte, unsere Idee war nicht sehr gut überlegt. Zwischen den beiden stehen noch immer die Ereignisse von früher.«

»Glaubt ihr denn, Lars hat gelogen, als er gesagt hat, dass er sie liebt?«, fragte Lidia.

»Nein.« Julia schüttelte vehement den Kopf. »Das kann ich mir nicht vorstellen.«

»Aber was ist dann das Problem?«, wollte Aaron wissen.

Julia tippte sich nachdenklich mit dem Zeigefinger gegen die Lippen. »Das wüsste ich auch gern. Ich werde versuchen, es herauszufinden.«

Irina lag zusammengerollt auf ihrer Couch, eine weiche Wolldecke bis zum Kinn hochgezogen, und starrte, ohne etwas wahrzunehmen, auf den Bildschirm ihres Fernsehers, auf dem irgendeine alte Seifenoper flimmerte. Ihr Herz schmerzte, ihre Augen brannten, ihr Kopf fühlte sich an, als hätte man ihn in einen Schraubstock gespannt. Nachdem sie am Nachmittag in ihrer Wohnung angekommen war, hatte sie endlich alle Beherrschung fahrenlassen und sich einem heftigen Weinkrampf hingegeben. Über eine Stunde war er immer wieder aufgeflackert, so lange, bis sie das Gefühl gehabt hatte, keine Tränen mehr zu haben. Nicht einmal damals, nachdem sie sich die feixenden Kommentare ihrer Mitschüler hatte anhören müssen, hatte sie sich derart gehenlassen. Nicht eine Träne hatte sie geweint, dazu war weder Zeit noch Gelegenheit gewesen. Und später hatte sie den Schmerz verdrängt. Jahrelang. Bis heute.

Wie konnte Lars es wagen, ihr gegenüber von Liebe zu reden? Ihrer Familie gegenüber? Um zu verhindern, dass die heftigen Krämpfe erneut aufflackerten, atmete Irina langsam und tief ein und aus. Sie musste dafür sorgen, dass das aufhörte. Lars musste aus ihrem Leben verschwinden. Für immer. Wenn er sich weigerte, die Firma zu verlassen, würde sie kündigen. Wegziehen. So weit weg wie nur möglich.

Als das Telefon klingelte, hielt sie sich die Ohren zu, bis der Anrufbeantworter ansprang. Wenig später erklang der Klingelton ihres Handys. Irina ignorierte auch ihn. Sie wollte mit niemandem reden, niemanden sehen, sich nur verkriechen und ihre Wunden lecken. Als das Gebimmel schließlich verstummte, atmete sie auf und starrte so lange auf den Fernseher, bis ihr vor Anstrengung die Augen zufielen.

Als sie drei Stunden später erwachte, war es bereits

dunkel geworden. Irina fühlte sich wie gerädert und außerstande aufzustehen. Das TV-Programm hatte mittlerweile gewechselt. Ein sonnengebräunter Schönling erzählte etwas von den Vorzügen einer bestimmten Automarke. Irina angelte nach der Fernbedienung, die zu Boden gefallen war, und zappte durch die Programme, bis sie erneut auf eine alte Seifenoper stieß. Beinahe gewaltsam versuchte sie, sich auf den Inhalt zu konzentrieren. Bloß nicht nachdenken, nicht an die Ereignisse des Nachmittags denken.

Als es an der Wohnungstür klingelte, zuckte sie zusammen, rührte sich aber nicht. Nach einer Weile klingelte es noch einmal.

»Lasst mich in Ruhe«, murmelte Irina mit rauer Stimme. »Und falls du das bist, Lars Reuther – scher dich zum Teufel!«

»Irina?«, hörte sie eine weibliche Stimme rufen. Es klopfte laut an der Tür. »Irina, mach auf, wenn du da bist. Ich bin es – Julia!«

Stöhnend schwang Irina die Beine über die Kante der Couch und stand auf. Müde schleppte sie sich zur Tür, öffnete sie und tappte umgehend zurück ins Wohnzimmer. Als Julia eintrat, hatte Irina sich bereits wieder unter ihrer Decke verkrochen.

»Um Gottes willen!« Julia knipste die kleine Lampe auf dem Beistelltisch neben der Couch an und ging neben Irina in die Hocke. »Du siehst ja grauenhaft aus!«

»Herzlichen Dank.« Irina verdrehte die Augen.

»Willst du darüber reden?«

»Nein.«

»Kann ich etwas für dich tun?«

»Nein. Es sei denn, du bist bereit, Lars Reuther für mich umzubringen.«

Julia musterte ihre Schwägerin und Freundin eingehend. »Ich glaube, das übernimmst du lieber selbst.«

»Ich will ihn nicht mehr sehen. Er soll sich hinscheren, wo der Pfeffer wächst.«

»Was ist denn nur geschehen, Irina?« Julia strich ihr sanft eine blonde Haarsträhne aus der Stirn. »Nachdem du und er gestern … Wir dachten, alles sei in Ordnung zwischen euch.«

»Zwischen uns war noch nie etwas in Ordnung.« Irinas Augen begannen erneut gefährlich zu brennen. Doch mit Macht drängte sie die aufsteigenden Tränen zurück.

»Aber ihr habt doch …«

»Miteinander geschlafen, ja.« Irina starrte ins Leere. »Ich hätte es niemals so weit kommen lassen dürfen. Weder damals noch gestern. Und er …« Sie holte tief Luft. »Dieser Mistkerl hat meine Schwäche schamlos ausgenutzt! Warum habe ich das zugelassen?« Sie hob den Kopf ein wenig und blickte Julia klagend an. »Wie konnte ich nur so dämlich sein? Und jetzt habe ich denselben Fehler noch einmal gemacht. Genau wie damals hat er es geschafft, mich zu treffen, wo es am meisten wehtut.«

Julia sah Irina fragend an. »Wovon redest du eigentlich? Was hat er denn so Schlimmes getan? Nicht damals, das hast du mir ja schon erzählt.«

Irina atmete zitternd ein und aus und schloss die Augen. »Er hat gesagt, dass er mich liebt.«

Als sie die Augen wieder öffnete, begegnete ihr Julias verständnisloser Blick. »Und?«

»Das ist das Niederträchtigste, was er tun konnte!« Wütend schlug Irina die Decke zurück. »Dafür könnte ich ihn umbringen.«

»Ich verstehe immer noch nicht ...« Julia erhob sich und setzte sich auf die Kante eines der Sessel.

»Natürlich nicht. Wie auch? Ich habe ja schließlich noch nie jemandem davon erzählt.« Irina setzte sich auf, stützte die Ellenbogen auf den Knien und den Kopf in ihren Händen ab.

Julia beugte sich besorgt ein wenig vor. »Was hast du noch nie jemandem erzählt?«

»Die Geschichte von damals.«

»Aber ich dachte, du hättest sie mir erzählt.«

»Nicht alles.« Irina hob den Kopf. »Ein wichtiges Detail habe ich ausgelassen.«

»Und warum?«

Irinas Kinn begann leicht zu zittern. »Weil ich mir so blöd vorkomme.«

»Oh, nicht doch, mein Schatz.« Rasch ging Julia zu ihr, setzte sich und legte ihr einen Arm um die Schultern. Tröstend streichelte sie über Irinas Oberarm. »Was hat er dir angetan?«

Irina schluckte hart an dem Kloß, der ihr die Kehle zuzuschnüren drohte. »Das Gleiche wie heute.«

»Das Gleiche wie ...? Oh.« Julia zog die Freundin fest an sich. »Du meinst, er hat dir damals auch schon gesagt, dass er ...«

»Dass er mich liebt.« Ohne dass Irina es verhindern konnte, begannen die Tränen wieder zu fließen.

»Und dann hast du herausgefunden, dass alles nur ein Schwindel war.«

Irina nickte mit gesenktem Kopf. »Kannst du jetzt verstehen, dass ich ihn rausgeschmissen habe?«

»Ja, Irina.« Nachdenklich blickte Julia ihre Freundin von der Seite an. »Ja, das kann ich verstehen.«

»Wenn du auch nur mit einer Silbe verlauten lässt, dass ich dir davon erzählt habe, reiße ich dir die Zunge heraus«, warnte Julia ihren Mann am späten Abend, als sie bereits zu Bett gegangen waren. »Irina ist am Boden zerstört. Ich wusste gar nicht, was ich mit ihr machen sollte.«

»Aber ist das alles nicht vollkommen verrückt?«, wunderte sich Daniel. »Ich meine, ich bin vielleicht kein Experte, aber soweit ich es beurteilen kann, ist Lars doch in Irina verliebt, oder etwa nicht?«

»Er liebt sie«, bestätigte Julia. »Und so allmählich beginne ich zu glauben, dass das vielleicht wirklich schon damals so war.«

»Aber warum hat er sie dann derart in die Pfanne gehauen?«

»Das wüsste ich auch gern.« Julia seufzte. »Irgendetwas stimmt an der Geschichte nicht. Ich komme bloß nicht darauf, was.«

»Glaubst du, sie redet noch mal mit ihm?«

»Nein.« Kopfschüttelnd lehnte sich Julia in ihre Kissen. »Freiwillig auf keinen Fall. Und ich glaube auch nicht, dass es im Augenblick gut wäre, wenn wir sie dazu drängen.«

»Ist sie wirklich so tief verletzt?«

»Schlimmer.«

Fragend blickte Daniel seine Frau an, die sich daraufhin an ihn kuschelte. »Sie liebt ihn.«

Einen Moment lang schwieg Daniel. »Und was nun?«

»Ich habe keine Ahnung.«

20. Kapitel

»Santa, ich kriege gerade den neuesten Bericht der Elfenbrigade herein.« Elfe-Sieben kam in das Büro des Weihnachtsmanns und blieb vor seinem Schreibtisch stehen. »Wir liegen alles in allem gut in der Zeit, aber es gibt da ein kleines Problem.«

Santa hob neugierig den Kopf. »Was für ein Problem?«

»Das Christkind liegt wieder um eine Nasenlänge vorn – genauer gesagt mit zwei glücklichen Menschen.«

»Das gibt es doch nicht!« Der Weihnachtsmann sprang von seinem Stuhl auf und ging erregt im Raum auf und ab. »Wie hat das Christkind das nun wieder geschafft? Wir hatten doch einen so komfortablen Vorsprung.«

»Ich weiß es auch nicht.« Bedauernd hob Elfe-Sieben die Schultern.

»Ich muss mir etwas einfallen lassen«, beschloss der Weihnachtsmann. »Unbedingt.«

»Ach, du weißt es schon?«, kam Elfe-Achts Stimme von der Tür her.

»Was weiß ich?« Santa Claus drehte sich zu seiner Kundschafter-Elfe herum. Als er ihren Gesichtsausdruck sah, verzog er besorgt das Gesicht. »Noch mehr schlechte Nachrichten?«

Elfe-Acht nickte mit besorgter Miene. »Ich fürchte ja. Wir haben ganz schlimme Probleme mit Lars und Irina.«

Resignierend seufzte der Weihnachtsmann und ließ sich wieder hinter seinem Schreibtisch nieder. »Also gut, rück schon heraus damit. Das wirft mich wahrscheinlich meilenweit hinter das Christkind zurück, aber was soll's. Wichtiger ist wohl, dass wir den beiden helfen, nicht wahr?«

»Ich weiß nicht, ob wir da noch helfen können«, erwiderte Elfe-Acht. »Die Sache ist ziemlich vertrackt. Es ist jetzt fast eine Woche vergangen, und Irina spricht nicht ein einziges Wort mit Lars. Na ja, genau gesagt spricht sie schon mit ihm, aber nur beruflich und nur, wenn es sich nicht vermeiden lässt. Und sie behandelt ihn wie einen völlig Fremden.«

»Hat er versucht, mit ihr privat zu sprechen?«

»Natürlich, aber sie weigert sich strikt, ihm zuzuhören.«

»Das ist in der Tat schlimm.« Sorgenvoll zog Santa Claus die Stirn kraus und trat an den Bildschirm, der auf Irina und Lars ausgerichtet war. Derzeit konnte man nur Lars sehen, der auf der Baustelle gerade dabei war, irgendwelche Kabel zu verlegen. »Wo ist sie jetzt?«, wollte Santa wissen.

»In die Firma gefahren.« Elfe-Acht trat ebenfalls näher an den Bildschirm heran. »Und da zeichnet sich das nächste Problem ab. Vom kommenden Montag an hat sie drei Wochen Urlaub.«

»Will sie wegfahren?«

»Ich glaube nicht.« Die Elfe zuckte mit den Achseln. »Sicher bin ich aber nicht. Nach allem, was vorgefallen ist, könnte es durchaus sein, dass sie eine Last-Minute-Reise antritt, um Abstand zu gewinnen.«

»Das kann ich mir nicht vorstellen«, mischte Elfe-Sieben sich ein. »Sie ist ihrer Familie so sehr verbunden, dass sie doch ganz bestimmt nicht der großen Familien-Weihnachtsfeier fernbleiben wird.«

»Ich weiß nicht recht«, erwiderte Elfe-Acht. »In diesem Fall ist es ihr vielleicht wichtiger, von Lars fortzukommen, als mit ihrer Familie zu feiern.« Die Elfe wandte sich an den Weihnachtsmann. »Santa, wir brauchen einen Plan. Einen guten Plan. Und schnell!«

»Mhm, ich weiß.« Der Weihnachtsmann kratzte sich am Kinn. Wieder schaute er auf den Bildschirm und beobachtete, wie Lars mit Daniel sprach. Plötzlich hellte sich sein Gesicht auf. »Das ist es!«, rief er. »Natürlich, das ist die Lösung!«

»Was ist die Lösung?«, fragten die beiden Elfen im Chor.

»Na, Daniel! Oder vielmehr sein Hund. Nick!«

»Nick?« Verwundert sahen sich die Elfen an. »Wie kann er denn helfen?«

Santa Claus strahlte die beiden an. »Das werde ich euch erklären. Aber vorher müsst ihr mir einen Gefallen tun und Elf-Zwei, Elf-Dreizehn und Elf-Siebzehn herholen. Ich brauche die Hilfe von euch allen, wenn mein Plan funktionieren soll.«

21. Kapitel

»Lars, kann ich mit dir reden?«, fragte Daniel, nachdem er seinen Werkzeugkoffer in einer Ecke des Büros abgestellt hatte, in dem sein Kollege gerade arbeitete.

Lars sah zu ihm hoch und warf dann einen kurzen Blick auf seine Armbanduhr. Er stellte fest, dass es Zeit für die Mittagspause war, und erhob sich. »Sicher. Worum geht es?«

»Das kannst du dir wohl denken«, brummte Daniel. »Wie soll das mit dir und Irina weitergehen?«

Lars seufzte und griff nach der Wasserflasche, die auf der Fensterbank stand. »Ganz ehrlich? Ich weiß es nicht.«

»Sie ist am Boden, Mann. Wegen dir.« Daniels Stimme nahm leicht an Schärfe zu. »Ist es zu viel verlangt, wenn ich will, dass du das wieder ins Reine bringst?«

»Vermutlich nicht.« Lars trank mehrere Schlucke, stellte die Flasche wieder an ihren Platz zurück und lehnte sich gegen die Fensterbank. »Problem ist, dass deine Schwester sich weigert, auch nur mit mir zu sprechen.«

»Dann bring sie dazu.«

»Das werde ich – früher oder später.«

»Früher wäre uns allen lieber«, sagte Daniel mit grimmigem Blick. »Sie hat ab Montag drei Wochen Urlaub, und Julia hat mir erzählt, dass Irina mit dem Gedanken spielt, irgendwo Last-Minute hinzufliegen. Lars – Irina ist noch nie über Weihnachten weggeflogen. Sie ist ein Familienmensch. Die Weihnachtsfeier ist ihr heilig. Ich mache mir Sorgen um sie.«

»Glaubst du, mir geht es anders?« Lars verschränkte die Arme vor der Brust. »Ich habe euch gesagt, was ich für sie empfinde, und ich stehe dazu.«

»Warum ist sie deshalb so ausgeflippt?«

»Ich gehe davon aus, dass du auch das längst weißt.«

Daniel starrte ihn einen langen Moment schweigend an. »Warum, Mann? Warum hast du ihr das damals angetan?«

Lars stieß sich von der Fensterbank ab und ging in Richtung Tür. Dort drehte er sich noch einmal zu Daniel um. »Ich habe ihr nichts angetan. Rein gar nichts. Ich war nur unverzeihlich dumm.« Damit wandte er sich ab und ging davon.

Irina saß an ihrem Computer und klickte sich stirnrunzelnd durch die Last-Minute-Angebote der Reisegesellschaft. Was bitte sollte sie fünf Tage in Nairobi anstellen? Dann schon eher die zwei Wochen Ibiza, obwohl weder die Insel selbst noch das Ambiente des Hotels sie sonderlich reizten. Viel lieber würde sie mit ihrer Familie die Weihnachtsfeiertage und Chanukka verbringen, mit ihren Nichten und Neffen Schlitten fahren – falls der Wetterbericht recht behielt und es übermorgen zu schneien beginnen würde. Aber wenn sie hier bliebe, würde sie wieder ins Grübeln geraten. Sie hatte sich geschworen, alles, was auch nur im Entferntesten an Lars erinnerte, weit von sich zu schieben. Sie fand, sie war inzwischen sogar recht gut darin, ihn nur als Arbeitskollegen zu sehen. Sobald dieses Hotelprojekt abgeschlossen war, würde er bestimmt in anderen Bereichen eingesetzt, so dass sie sich kaum noch über den Weg laufen würden. Ärgerlich nur, dass bis dahin noch einige Monate ins Land ziehen würden.

Die Türklingel riss sie aus ihren Gedanken. Es klingelte nicht nur einmal, sondern Sturm. Dann wurde heftig geklopft. Alarmiert sprang Irina auf, hastete zur Tür und riss sie auf. Sogleich fiel ihr Julia um den Hals und drückte sie, dass ihr beinahe die Luft wegblieb. »Irina, du wirst es kaum glauben! Ich habe gewonnen! Ich bin so aufgeregt. Daniel habe ich auch schon angerufen. Gewonnen, Irina, gewonnen!« Lachend tanzte sie um Irina herum, die sie jedoch nur verständnislos ansah.

»Was hast du gewonnen?«

»Die Reise für zwei nach New York! Beim Gewinnspiel meiner Kreditkartengesellschaft. Du hast doch sicher auch schon diese Werbespots gesehen oder im Radio gehört, wo sie behaupten, wenn man nur oft genug mit der Karte bezahlt, hat man die Chance, den Hauptpreis zu gewinnen. Ich habe da nie richtig dran geglaubt, aber jetzt …«

»Du hast wirklich gewonnen?«

»Ja, wirklich! Einen Kurztrip nach New York zum Weihnachtsshopping. Inklusive des nötigen Kleingelds. Ich kann es noch gar nicht richtig glauben.«

»Wow, das ist ja toll!« Irina umarmte ihre Freundin herzlich.

»Ich habe es heute per Post erfahren«, erzählte Julia.

»Einziger Haken ist, dass es schon in wenigen Tagen losgeht, am Montag. Und Freitag sind wir dann – rechtzeitig vor Heiligabend – wieder hier. O Gott, und ich muss noch packen und alles. Ich bin so aufgeregt! Ich habe noch nie was gewonnen.«

»Ich freue mich für dich. Was sagt Daniel dazu?«

»Der ist genauso aus dem Häuschen wie ich. Eigentlich hat er ja keinen Urlaub vor Weihnachten, sondern erst zwischen den Jahren, aber Aaron hat schon grünes Licht gegeben. Und jetzt habe ich noch einen Anschlag auf dich vor.«

»Auf mich?«

»Ja, denn siehst du …« Julia lächelte. »Du bist die Einzige, die jetzt Urlaub hat, und da dachte ich … Würdest du Nick so lange zu dir nehmen? Du kannst natürlich auch in unser Haus ziehen, wenn dir das lieber ist. Jemand muss sich ja um ihn kümmern. Erst wollte ich Chrissi fragen, aber du kennst ja meine Schwester. Vor den Feiertagen ist sie in tausend Kindergarten-Komitees und was weiß ich beschäftigt. Und Oliver hat auch keine Zeit, also …«

Irina hob die Hand, um Julias Redestrom zu stoppen. »Schon gut, Julia. Ich nehme ihn. Flieg mit Daniel nach New York, aber bring mir auf jeden Fall ein tolles Geschenk mit.«

»Das mache ich bestimmt. Danke, Irina, du bist ein Schatz!« Julia drückte Irina einen Kuss auf die Wange. »Ich bringe dir Nick am Sonntagabend, wenn es dir recht ist. Wir müssen am Montag ganz früh am Flughafen sein.«

»Habt ihr schon jemanden, der euch zum Flughafen fährt?«

»Dein Vater hat sich angeboten. Ach, ist das nicht toll?« Julia strahlte übers ganze Gesicht. »Jetzt muss ich aber los, du weißt schon – Koffer packen und so. Außerdem kommt nachher noch jemand von der Kreditkartengesellschaft, um uns alle Unterlagen zu bringen. Und ich glaube, sie wollen auch noch ein Gewinnerfoto machen. Für Werbezwecke. Oje, ich muss unbedingt noch zu Hause aufräumen. Mach's gut, Irina. Und tausend Dank noch mal!« Damit wirbelte Julia bereits wieder zur Tür hinaus.

Lächelnd blickte Irina ihr nach, bis sie sich plötzlich bewusst wurde, was Julias Gewinn für sie bedeutete. Sie würde nicht in letzter Minute in Urlaub fliegen, sondern hier bleiben und sich um Nick kümmern. Seltsamerweise war sie irgendwie erleichtert.

22. Kapitel

»Also gut, mein Freund. Wo hast du meinen anderen Schuh versteckt?«, fragte Irina ihren vierbeinigen Gast und humpelte auf einem Wanderschuh und einer Socke durch ihre Wohnung. Als sie den anderen Schuh hinter der Küchentür fand, stieß sie einen triumphierenden Laut aus. »Aha!«

Nick war ihr auf dem Fuß gefolgt und versuchte, nach den Schnürsenkeln des Schuhs zu schnappen. Er war aufgeregt, denn Elf-Siebzehn hatte ihm vor kurzem einen heimlichen Besuch abgestattet. Das konnte Irina natürlich nicht wissen. Nick war gerne bei ihr, fast so gerne wie bei seinem Herrchen und seinem Frauchen. Und selbstverständlich wollte er dem Elfen und dem Weihnachtsmann helfen, Irina wieder glücklich zu machen. Denn dass sie unglücklich war, spürte er. Sie war nicht so unbeschwert wie sonst, bei ihren Spaziergängen tollte sie nicht mit ihm herum, sondern blickte häufig still in die Ferne. Elf-Siebzehn hatte ihm erzählt, dass der Weihnachtsmann einen Plan hatte und dass er – Nick – eine wichtige Rolle übernehmen müsse. Wie diese aussah, hatte der Elf aber noch nicht verraten.

»Warum hast du bloß meinen Schuh versteckt?«, wollte Irina mit einem halben Lachen wissen und brachte das Corpus Delicti vor Nick in Sicherheit, indem sie es anzog. »Willst du nicht, dass ich weggehe? Ich muss aber für ein Weilchen fort. Ich habe Mama versprochen, noch ein paar Sachen für die Weihnachtsfeier zu besorgen und bei ihr abzuliefern. Heute ist schon Mittwoch, weißt du, und am Samstag ist Heiligabend. Die Geschäfte sind bestimmt jetzt schon gerammelt voll, da kann ich dich nicht mitnehmen. Tut mir leid, Nick. Aber dafür machen wir nachher noch mal einen schönen Spaziergang, ja?« Sie strich dem Hund über den Kopf und schnappte sich ihren Mantel, ihren Schal und ihre Handschuhe, denn es war tatsächlich kalt geworden und hatte sogar ein ganz klein wenig geschneit. Der große Schneefall war jedoch erst für morgen angekündigt, so dass sie den heutigen Tag für die Einkaufstour bestimmt hatte. Zuletzt griff sie nach ihrer Handtasche und den Schlüsseln und machte sich auf den Weg.

Nick sah ihr etwas enttäuscht nach, tappte dann zu seiner Decke und rollte sich darauf zusammen. Als plötzlich Elf-Siebzehn vor ihm stand, hob er verblüfft den Kopf.

Der Elf lächelte beruhigend. »Hallo, Nick, wie geht es dir? Hast mich nicht kommen gehört, wie? Das war auch gar nicht so einfach, sage ich dir. Ich musste mich durch die Tür schmuggeln, während Irina hinausgegangen ist. Beinahe hätte sie mich mit ihrer Handtasche k.o. geschlagen.« Elf-Siebzehn lachte leise, wurde aber gleich wieder ernst. »Ist sie noch immer so traurig?«

Der Hund nickte.

»Also gut.« Elf-Siebzehn setzte sich neben ihn und streichelte ihn, während er sprach. »Ich bin hier, um mit dir den Plan zu besprechen. Es ist ganz wichtig, dass wir uns ganz genau an den Zeitplan halten. Wir haben alles bis ins kleinste Detail vorbereitet. Hör zu …«

»Das war die letzte Tüte«, verkündete Irina und rieb sich stöhnend den Rücken, nachdem sie selbige in der Küche ihrer Mutter abgestellt hatte, und blickte sich um. »Mama, bist du sicher, dass du eine Familienfeier planst? Hier sieht es eher aus, als wolltest du eine Armee verköstigen.«

»Ist das nicht dasselbe?«, gab Silvia lachend zurück. Tatsächlich standen überall Tüten, Körbe und Kisten mit Lebensmitteln in den verschiedensten Verarbeitungsstufen. »Ich danke dir, dass du die Einkäufe für mich erledigt hast. So konnte ich in aller Ruhe noch einmal eine Ladung

Plätzchen backen und auch schon die Marinade für das Fleisch vorbereiten. Sie muss ein paar Tage im Kühlschrank ziehen, damit sie richtig gut wird.« Mit einem prüfenden Blick ins Gesicht ihrer Tochter änderte sie ihren Tonfall. »Wie geht es dir, mein Schatz? Ist wirklich alles in Ordnung? Du wirkst ein bisschen blass.«

»Mir geht es gut«, antwortete Irina ein wenig zu schnell. »Kein Grund zur Sorge.«

»Wenn du darüber reden möchtest …«

»Möchte ich nicht, Mama. Die Sache ist vorbei und ausgestanden. Mehr habe ich dazu nicht zu sagen.«

Da Irinas Stimme wieder den typischen defensiven Ton angenommen hatte, ließ Silvia es dabei bewenden. Insgeheim beschloss sie jedoch, spätestens nach Weihnachten noch einmal ernsthaft in ihre Tochter zu dringen und sie zum Reden zu bewegen. »Nun gut, Irina, du musst es ja wissen. Was hast du denn für die nächsten Tage geplant?«

Irina zuckte die Achseln. »Nicht viel. Natürlich werde ich mich mit Nick beschäftigen … Wenn du hier Hilfe brauchst, musst du es nur sagen.«

»Danke, Irina, vielleicht komme ich darauf zurück. Morgen werde ich aber erst mal mit deinem Vater einkaufen fahren. Er wartet ja immer bis zur letzten Minute mit den Weihnachtseinkäufen. Dieses Jahr bin ich allerdings auch noch nicht so richtig dazu gekommen, so dass wir uns zusammen ins Getümmel stürzen wollen.«

Irina grinste. »Dann wünsche ich gute Nerven.« Noch einmal sah sie sich in der Küche um. »Soll ich dir noch beim Auspacken helfen?«

»Ach nein.« Silvia winkte ab. »Das schaffe ich schon allein. Außerdem habe ich ja mein eigenes System. Zu zweit würde doch alles nur durcheinandergeraten. Wenn ich dich brauche, melde ich mich.«

»Tu das.« Irina gab ihrer Mutter einen Kuss auf die Wange und verabschiedete sich. Sie fuhr jedoch nicht sofort zu ihrer Wohnung zurück, sondern machte vorher noch bei *Luigis Pizzeria* halt und bestellte sich eine große Pizza mit doppeltem Käse zum Mitnehmen. Nach der mehrstündigen Einkaufstour, so dachte sie, hatte sie sich die verdient.

In der Nacht begann es tatsächlich wieder zu schneien und bis zum Mittag des folgenden Tages hatte sich eine knapp zehn Zentimeter dicke Schneeschicht gebildet. Irina, die den Vormittag zum Wohnungsputz und Wäschewaschen genutzt hatte, beschloss, dass es an der Zeit war, sich mit einem ausgiebigen Spaziergang im verschneiten Wald zu belohnen. Nicht zuletzt, weil Nick sie bereits seit einer Stunde dazu zu animieren versuchte. Offenbar war ihm langweilig; außerdem mochte er das Geräusch des Staubsaugers nicht besonders und hatte mehrfach versucht, in den Staubsaugerfuß zu beißen, um Irina daran zu hindern, mit dem Gerät seine persönliche Hundeordnung in der Wohnung zu beseitigen. Diese bestand aus Hundehaaren und unzähligen Krümeln von Hundekuchen und Leckerchen.

Gegen zwei Uhr nachmittags hatte sich Irina in ihren dicken Wintermantel gehüllt und Nick in ihrem Auto sicher untergebracht und angeschnallt. Auf kürzestem Wege fuhr sie an den Stadtrand und parkte auf einem kleinen Parkplatz in der Nähe der Baumgrenze.

Nick war ganz außer sich, als sie losstapften. Er sprang so ausgelassen um sie herum, dass sie schließlich ein Einsehen hatte und ihn für eine Weile von der Leine losmachte. Zunächst begegneten sie noch weiteren Spaziergängern, einige ebenfalls mit Hunden, so dass die Tiere sich begrüßen und miteinander spielen konnten. Je tiefer sie jedoch in den Wald stapften, desto stiller wurde es um sie herum. Irina genoss die Ruhe und den Geruch der klaren, kalten Luft.

Nick rannte voraus, kam zu ihr zurück, brachte Stöckchen und forderte Irina auf, sie für ihn zu werfen. Natürlich tat sie ihm den Gefallen. Er genoss den Spaziergang in vollen Zügen. Gleichzeitig versuchte er sich immer wieder daran zu erinnern, dass er noch eine Aufgabe vor sich hatte. Eine wichtige Aufgabe. Er musste den Elfen des Weihnachtsmannes helfen. Nichts, aber auch gar nichts durfte dabei schiefgehen. Elf-Siebzehn hatte ihm das eingeschärft. Das bedeutete, dass Nick aufpassen musste. Er durfte sich von dem wunderbaren Stöckchenspiel nicht zu sehr einnehmen und ablenken lassen. Nicht, dass er am Ende versehentlich den Augenblick verpasste oder etwas falsch machte! Er wusste, dass die Elfen – ja sogar der Weihnachtsmann selbst – ihn beobachteten und auf ihn zählten. Auf gar keinen Fall wollte er sie enttäuschen.

Als Irina das Stöckchen noch einmal für Nick warf, schoss er mit einem freudigen Bellen hinterher. Der Stock flog weit – Irina hatte einen guten Wurfarm – und streifte einen Baumstamm, woraufhin er die Richtung änderte und neben dem Weg zu Boden fiel. Nick raste darauf zu, schnappte nach dem Stock und spürte gleichzeitig, wie der Boden unter seinen Füßen – Steine und Äste – ins Rollen und Rutschen geriet. Er stieß ein erschrockenes Quietschen aus, stemmte alle vier Füße in den Untergrund, um seinen Schwung abzubremsen. Doch zu spät, das lose Geröll am Wegesrand rutschte weiter und nahm ihn mit sich.

Nick bellte erschrocken und versuchte noch einmal, den Sturz zu verhindern, aber es gelang ihm nicht. Hinter sich hörte er Irina einen entsetzten Schrei ausstoßen und seinen Namen rufen. Doch da war er bereits ein gutes Stück den Hang hinabgeschlittert. Der Abhang war steil. Nick verlor endgültig das Gleichgewicht und überschlug sich mehrmals, rutschte wieder ein Stück und kam dann mit einem dumpfen Aufprall am Fuß des Abhangs zum Liegen.

Irina war an den Rand des Abhangs gerannt und hatte Nicks Sturz hilflos mit ansehen müssen. Jetzt lag er dort unten und bewegte sich nicht mehr. »Nick!«, rief sie, doch der Hund reagierte nicht. Ein Anflug von Panik schnürte ihr die Kehle zu. »Nick! O nein. Was mache ich denn jetzt?« Verzweifelt sah sie sich nach Hilfe um, doch sie waren bereits eine gute Stunde lang unterwegs. Weit und breit war keine Menschenseele zu sehen. Ohne weiter nachzudenken, dass sie sich selbst verletzen könnte, machte sie einen Schritt über die Kante des Hangs. Er war steil, aber nicht zu steil. Als Kind war sie hier immer hinab- und wieder hinaufgeklettert. Freilich nicht mitten im Winter, wenn es geschneit hatte und glatt war.

Sie rutschte prompt aus, fing sich wieder und krabbelte und schlitterte mehr schlecht als recht hinab zu Nick. Dieser regte sich noch immer nicht. Die Sorge, dass ihm etwas Schlimmes passiert sein könnte, schloss sich wie eine eisige Kralle um Irinas Herz. Als sie endlich bei ihm angekommen war, kniete sie sich neben ihn und berührte ihn vorsichtig. »Nick? Was ist mit dir?«

Nick hob vorsichtig den Kopf und leckte winselnd über Irinas Handschuh. Dann versuchte er aufzustehen, es gelang ihm jedoch nicht. Mit einem lauten Jaulen zog er seine linke Vorderpfote hoch. »Oje, hast du dich verletzt? Lass sehen.« Irina zog die Handschuhe aus und untersuchte die Pfote, doch Nick jaulte bei der kleinsten Berührung so jämmerlich, dass sie es bald aufgab. »Was mache ich denn jetzt?« Ratlos blickte sie sich um. Den Hang hinaufklettern konnte Nick nicht, und der nächste Weg war mindestens hundert Meter entfernt. Von dort aus war es eine gute Stunde bis zu ihrem Auto. Sie wandte sich wieder Nick zu, der fiepend seine Pfote leckte.

»Wir müssen hier weg, Nick. In einer Stunde wird es schon dunkel. Es ist kalt. Ich kann dich aber nicht tragen. Du wiegst doch über vierzig Kilo. Das schaffe ich nicht.« Vorsichtig legte sie Nick die Leine an. »Kannst du wirklich nicht laufen? Komm, versuch es.«

Gehorsam bemühte sich Nick ein paar Schritte zu gehen, knickte jedoch ein. Offenbar hatte er sich nicht nur an der Vorderpfote verletzt, sondern auch an der linken

Hinterpfote. Mit jämmerlichem Blick sah er zu ihr auf. Irina traten Tränen in die Augen. »Verdammt, du musst zum Tierarzt!« Kurz überlegte sie, ob sie Nick zurücklassen sollte, um Hilfe zu holen, doch das brachte sie nicht übers Herz.

Ihr Handy fiel ihr ein. Bestimmt war es das Beste, jemanden um Hilfe zu bitten. Ihre Brüder würden bestimmt mit dem Auto herkommen und sie abholen. Rasch zog sie das Mobiltelefon aus der Manteltasche und wählte Eriks Nummer. Es klingelte dreimal, viermal, dann ging der Anrufbeantworter an. Fluchend versuchte sie es auf Eriks Handy, doch da sprang nur die Mailbox an. »Mensch, wo steckst du denn?«, murmelte Irina und versuchte es bei Janus. Doch bei ihm schien auch niemand zu Hause zu sein. Vage erinnerte sie sich, dass er mit seiner Frau ebenfalls noch Weihnachtseinkäufe machen wollte. Also versuchte sie es erst auf seinem Handy, dann auf denen ihrer Schwägerinnen, doch immer war es das Gleiche. Entweder klingelte es durch, oder die Mailboxen sprangen an. »Verflixt, was ist denn heute los?«, rief Irina entnervt und versuchte es bei Lidia. Doch auch ihre Schwester ging nicht ans Telefon. Allmählich breitete sich Panik in Irina aus. Vielleicht sollte sie doch versuchen, Nick zu tragen, aber den ganzen Weg bis zu ihrem Auto würde sie unmöglich schaffen. Ein Blick auf die Anzeige im Display zeigte ihr, dass ihr Akku bald leer war. Was sollte sie tun? Den Notruf wählen? Fieberhaft klickte sie sich durch das Adressbuch ihres Handys. Dummerweise war es ihr Privathandy, das nur wenige Nummern – hauptsächlich die ihrer

Familie – enthielt. Sie versuchte es noch bei Christine, Julias Schwester, aber ebenso ohne Erfolg wie bei Klarissa, Julias Schwägerin. Verzweifelt ließ sie sich trotz der Kälte in den Schnee sinken, streichelte Nick, der noch immer wimmerte und fiepte. Wahrscheinlich blieb ihr tatsächlich nur der Notruf. Außer ... Sie schlug die Hände vors Gesicht. Die einzige weitere Nummer, die sie im Kopf hatte, war die von Lars. Sie war einfach zu merken, und da sie sie zuletzt in ihr Firmenhandy eingegeben hatte, war sie ihr noch gut in Erinnerung. Auch weil sie sie bereits mehrfach hatte wählen müssen.

Noch einmal blickte sie sich um, in der Hoffnung, irgendwo einen Wanderer zu sehen. Doch außer ein paar Elstern in den Ästen der Bäume war niemand auszumachen. Ihr wurde allmählich kalt, rasch zog sie ihre Handschuhe wieder an und stand vom Boden auf.

Nick winselte erschrocken, und sogleich beugte sie sich über ihn und tätschelte seinen Kopf. »Keine Angst, ich gehe nicht weg. Aber ich muss Hilfe holen – irgendwie.« Ihr Handy gab bereits einen ersten Warnton von sich, der bedeutete, dass der Akku beinahe leer war. Obwohl sie sich innerlich wand, tippte sie die Nummer von Lars' Handy ein. Dabei hoffte sie, dass der Akku noch halten würde, um den Notruf zu tätigen, falls auch Lars sich nicht meldete. Vielleicht stimmte ja auch etwas mit ihrem Handy nicht. Warum sonst ging heute wohl überhaupt niemand an sein Telefon? Das war doch nicht normal.

»Reuther?«, erklang in diesem Moment Lars' Stimme.

Irinas Herz machte einen Satz. Sie redete sich sogleich

ein, dass es nur war, weil sie so erleichtert war, endlich jemanden erreicht zu haben.

»Lars? Hier ist Irina. Du musst mir helfen.« Sie schauderte, als sie merkte, wie jämmerlich ihre Stimme klang.

»Irina?« Lars war anzuhören, dass er aufs höchste alarmiert war. »Was ist los?«

»Ich hatte … Nick hatte einen Unfall. Wir sind im Wald …« Wieder stieß das Handy einen Warnton aus.

»Irina? Was war das? Ein Unfall? Wo bist du?« Es rauschte und knisterte in der Leitung. Offenbar war der Empfang hier im Wald nicht sonderlich gut.

»Nick ist einen Abhang hinuntergestürzt und hat sich verletzt. Er kann nicht mehr laufen. Ich muss ihn zum Tierarzt bringen. Wir sind im Wald am Südrand der Stadt. Etwa fünfhundert Meter hinter dem schwarzen Steinkreuz …« Wieder piepte das Handy, dann schaltete es sich ab. »Verdammt!« Erbost starrte Irina ihr Mobiltelefon an. Dann steckte sie es zurück in ihre Manteltasche. Sie konnte nur hoffen, dass Lars ihre Standortbeschreibung noch gehört hatte. Sie ging neben Nick in die Hocke und streichelte ihn, redete beruhigend auf ihn ein und wischte sich immer wieder eine Träne aus den Augenwinkeln.

»Irina? Irina, bist du noch da?« Fluchend warf Lars sein Telefon auf den Esstisch und hastete zur Garderobe. Er zog sich Stiefel und eine dicke Daunenjacke an, wickelte sich einen Schal um den Hals und wollte schon zur Tür hinaus. In letzter Sekunde machte er kehrt und holte zwei Wolldecken aus dem Schrank im Schlafzimmer. Er hatte

Irina kaum verstanden, offenbar befand sie sich in einem Gebiet mit schlechtem Empfang. Er hatte aber mitbekommen, dass Nick sich verletzt hatte, und etwas vom schwarzen Steinkreuz. Er wusste, wo das war, dort hatte er als Junge oft mit seinen Freunden gespielt.

Ärgerlicherweise hatte es sich seit dem Mittag wieder bewölkt, und allmählich rieselten die ersten Schneeflocken vom Himmel. Lars konnte also nicht sehr schnell fahren. Er blickte auf die Uhr. Es war kurz nach halb vier. Bald würde es auch noch dunkel werden. Hatte Irina etwas davon gesagt, dass auch sie verletzt war? Er erinnerte sich nicht daran. Als er endlich auf dem Parkplatz beim Waldrand ankam, sah er ihr Auto, auf dem sich bereits eine dünne Schneeschicht gebildet hatte. Langsam und vorsichtig fuhr er weiter. Zwar besaß er neue Winterreifen und Allradantrieb, doch bei diesem Wetter über holprige Waldwege zu fahren war nicht ungefährlich. Endlich, nach einer Ewigkeit, wie es ihm schien, erreichte er das schwarze Steinkreuz. Es stand an einer Weggabelung, die gleichzeitig die letzte Möglichkeit zum Wenden bot. Von hier aus wurden die Wege schmaler und unebener und waren eigentlich nur noch für Forstfahrzeuge befahrbar. Lars stellte seinen Wagen ab, klemmte sich eine der Wolldecken unter den Arm, griff nach der Taschenlampe, die er immer im Auto liegen hatte, und machte sich zu Fuß auf den Weg.

Mehrmals rief er nach Irina, erhielt jedoch keine Antwort. Er hatte an der Gabelung den rechten Weg genommen, da er auf dem linken keine Fußspuren gesehen hatte.

Doch wie weit war Irina vom Steinkreuz aus noch gegangen? »Irina?«, rief er erneut und lauschte in die Stille des Waldes.

23. Kapitel

Irina ging nervös auf und ab, auch um sich wenigstens etwas warmzuhalten. Doch Nick bereitete ihr größte Sorgen. Er konnte sich nicht bewegen, lag noch immer auf dem kalten Boden. Sie hatte keine Möglichkeit, ihn zu wärmen. Inzwischen war über eine Stunde vergangen, und der Hund schien immer apathischer zu werden. Sie hoffte, dass bald Hilfe kam, befürchtete sie doch, er könnte ihr erfrieren. Zu allem Überfluss hatte es wieder zu schneien begonnen. Als sie meinte, in der Ferne eine Stimme zu hören, dachte sie zunächst, sie hätte sie sich nur eingebildet. Doch dann hörte sie ganz deutlich jemanden ihren Namen rufen. Vor Erleichterung hätte sie beinahe geweint. »Lars!«, rief sie, so laut sie konnte. »Hier unten! Lars!«

Obwohl es allmählich dunkel wurde, erkannte sie über sich am Kopf des Abhangs Lars' Gestalt. »Hier unten, Lars!«, rief sie noch einmal und winkte.

Lars blieb stehen und blickte zu ihr hinab. »Irina, um Himmels willen. Wie seid ihr denn da runtergekommen?« Er stieg vorsichtig zu ihr hinab, rutschte, schlitterte, doch seine Stiefel boten besseren Halt als ihre Wanderschuhe. Schließlich stand er vor ihr.

Irina atmete auf. »Danke, dass du gekommen bist. Ich

habe niemanden sonst erreicht. Anscheinend haben alle ihre Handys abgeschaltet oder gehen nicht ans Telefon. Es war wie verhext. Ich hätte sonst nie …«

»Irina«, unterbrach Lars sie und ging neben Nick in die Hocke. »Was ist überhaupt passiert?«

»Wir haben Stöckchen gespielt, und Nick ist irgendwie ausgerutscht und den Hang hinuntergefallen. Dabei hat er sich an zwei Pfoten verletzt und kann nicht mehr laufen. Ich muss ihn dringend zu einem Tierarzt bringen. Bestimmt ist er mittlerweile unterkühlt und …«

»Irina«, sagte Lars ernst. »Ich kann hier nicht mit dem Auto hinkommen. Aber hierlassen kann ich euch auch nicht. Ich schlage vor, wir bringen Nick in die nächste Waldhütte.«

»Was für eine Waldhütte?«

»In etwa zweihundertfünfzig Metern Entfernung gibt es eine Hütte, die der Förster und die Waldarbeiter im Sommer benutzen. Ich kenne den Förster – Leon – ganz gut. Seine Frau Hannah ist um sechs Ecken mit mir verwandt. Er hat bestimmt nichts dagegen, wenn wir die Hütte benutzen. Mit etwas Glück gibt es dort ein bisschen Feuerholz. Und vor allem kann ich mit dem Auto bis dorthin fahren.«

»Also gut, ich denke, das wäre das Beste, bis du das Auto geholt hast«, stimmte Irina zu. »Kannst du Nick tragen? Er ist verdammt schwer.«

Lars warf ihr nur einen kurzen Blick zu, drückte ihr Decken und Taschenlampe in die Arme und ging erneut neben Nick in die Hocke. »Also gut, mein Freund«, murmelte er. »Das wird jetzt vielleicht nicht die bequemste Reise deines Lebens, aber ich kann es nicht ändern.«

Nick fiepte ein wenig, ließ sich jedoch anstandslos von Lars hochheben und tragen. Irina eilte neben den beiden her und streichelte den Hund beruhigend. Nach einigen Metern knipste sie die Taschenlampe an, da es nicht nur immer dunkler wurde, sondern auch der Schnee immer dichter fiel. »Kannst du bei diesem Wetter überhaupt mit dem Auto durch den Wald fahren?«

»Ich habe Allradantrieb«, antwortete Lars. »Aber wenn es noch schlimmer wird, müssen wir uns etwas anderes überlegen.«

Schweigend legten sie den Rest des Weges zurück und erreichten nur wenig später die Waldhütte. Lars tastete auf einem Balken über dem Eingang nach dem Schlüssel, fand ihn und schloss die Tür auf. Tatsächlich hatte die Hütte sogar Stromanschluss, so dass, Augenblicke nachdem Lars den Sicherungskasten ausfindig gemacht hatte, das Deckenlicht aufflammte. »Also gut«, sagte er. »Am besten wickelst du dich in die Decke, Irina. Nick liegt auf der Pritsche hier ganz gut, denke ich. Zumindest gibt es noch eine weitere Decke für ihn. Es wird ein Weilchen dauern, bis ich wieder hier bin. Kannst du mit dem Holz im Kamin umgehen?«

»Ich glaube, ja«, antwortete Irina unsicher. Sie räusperte sich. »Danke noch mal. Ich wusste wirklich nicht, wen ich noch anrufen sollte, eigentlich blieb mir nur noch der Notruf.«

»Schon gut, Irina. Glaubst du etwa, ich wäre dir böse?«

Lars trat auf sie zu und sah sie prüfend an. Als sie nicht antwortete, sondern den Kopf senkte, streckte er die Hand aus und legte sie ihr unters Kinn, zwang sie sanft dazu, den Kopf wieder zu heben. »Ich bin immer für dich da, wenn du mich brauchst.«

»Ach ja?« Sofort stellte Irina ihre Stacheln wieder auf.

Lars merkte es und zog seine Hand zurück. »Ich mach mich mal auf den Weg zum Auto.«

»Fahr vorsichtig über die Waldwege.«

Lars lächelte leicht und nickte, wandte sich zum Gehen. In diesem Moment bellte Nick und sprang aufgeregt von der Pritsche herab, auf die Lars ihn gebettet hatte. Als sei ihm nie etwas zugestoßen, hüpfte er um Lars und Irina herum, stieß sie mit der Nase an, sprang an ihnen hoch.

»Nick, was ist denn jetzt los?«, rief Irina verblüfft. »Ich dachte, du wärest schwer verletzt. Jetzt kannst du plötzlich wieder ganz normal laufen?«

»Wuff«, sagte Nick und leckte ihr eifrig über die Hände.

»Das gibt's doch nicht«, wunderte auch Lars sich. »Bist du sicher, dass er verletzt war?«

Irina warf ihm einen ärgerlichen Blick zu. »Natürlich! Glaubst du, ich hätte so ein Aufheben gemacht wegen nichts? Er hat gejault und gehumpelt und … du hast es doch selbst erlebt!«

»Schon gut, schon gut!« Abwehrend hob Lars beide Hände und lachte. »Offenbar ist Nick soeben genesen. Weiß der Himmel, was in ihn gefahren ist, aber wie du siehst, ist er wieder quietschfidel.«

»Wuff«, bestätigte Nick erneut und leckte nun Lars' Hände ab.

Kopfschüttelnd untersuchte Irina den Hund. »Ich glaub das einfach nicht! Er scheint nicht eine Schramme zu haben, dabei hat er sich die ganze Zeit gebärdet, als müsste er sterben.«

»Tja.« Lars trat wieder auf Irina zu. »Zumindest brauchst du dir keine Sorgen mehr um ihn zu machen.«

»Nein, das nicht. Aber ich verstehe trotzdem nicht …«

Kopfschüttelnd wandte sich Irina Lars zu und erschrak, als sie merkte, wie dicht er vor ihr stand. »Was ist?«, wollte sie verunsichert wissen.

Lars ergriff ihre Hände. »Die Umstände sind zwar etwas merkwürdig, aber eine bessere Gelegenheit dürfte sich mir wohl nicht bieten. Irina … Ich muss mit dir reden.«

Irina versuchte erfolglos, ihm ihre Hände zu entziehen. »Ich habe dir schon einmal gesagt, dass ich nichts davon hören will. Noch einmal mache ich das nicht mit.«

»Das kann ich gut verstehen. Und ehrlich gesagt lege ich auch keinen gesteigerten Wert darauf.«

Überrascht hob Irina den Kopf.

Lars fing ihren Blick auf und hielt ihn fest. »Es hätte alles gar nicht so schlimm kommen müssen, wenn ich … wenn wir nicht so dumm gewesen wären.«

»Wir waren also dumm?«

»Bestreitest du das etwa?« Ein Lächeln umspielte seine Lippen, doch seine Augen blieben ernst. »Warum hast du mich neulich vor versammelter Familie hinausgeworfen?«

Irina schluckte. »Du weißt genau, warum.«

»Ich möchte es aber von dir hören, Irina.«

Irina spürte, wie ihr die Hitze in die Wangen stieg. »Du hast gesagt, dass … dass …«

»Ich dich liebe.«

»Ja.« Sie wandte den Kopf ab.

»Und das ist so schlimm, weil …«

»Weil es gelogen ist«, fuhr sie ihn an. »Genauso wie damals.«

»Und was, wenn ich dir sage, dass es nicht gelogen ist? Weder heute noch damals?«

»Dann … dann bist du noch niederträchtiger, als ich geglaubt habe.« Irina stockte der Atem, als sie Lars' intensivem Blick begegnete.

»Nein, Irina, dann bin ich nur ehrlich.« Er merkte, wie sie versuchte, ihm auszuweichen, doch er hielt sie weiterhin eisern fest und suchte ihren Blick. »Ich habe einen Fehler gemacht«, fuhr er fort. »Was ich dir jetzt sage, hätte ich dir gleich bei unserem ersten Wiedersehen sagen müssen. Aber es hat sich einfach nicht ergeben, und später habe ich gehofft, dass du die Wahrheit auch so begreifen würdest.«

»Wovon redest du?«, fragte Irina nervös.

»Von den böswilligen Gerüchten, die ein paar unserer geschätzten Schulkollegen damals in die Welt gesetzt haben.«

»Gerüchte?«

»Die Rädelsführer waren Tim und Tobias.«

»Die Zwillinge?« Irina runzelte die Stirn.

»Tobias war in dich verliebt.«

»Ach?« Die Furchen auf Irinas Stirn vertieften sich. »Das ist mir neu.«

»War es mir ebenfalls, bis ich vor einigen Wochen Tim zufällig wiedertraf. Er hat mir die ganze Geschichte gebeichtet. Glaub mir, ich hätte ihm am liebsten den Hals umgedreht.«

»Was für eine Geschichte?« Irinas Stimme wurde immer nervöser, angespannter.

Lars drückte ihre Hände. »Die beiden haben sich die ganze Sache nur ausgedacht. Anscheinend haben sie mitbekommen, wie wir zusammen ins Hotel gegangen sind. Tobias war derart eifersüchtig, dass er dir am nächsten Tag erzählt hat, ich hätte dich nur hereinlegen wollen. Vor mir haben sie das natürlich geheim gehalten, bis das Gift bei dir gewirkt und du den Spieß umgedreht hast und auf mich losgegangen bist. Da ich nicht wusste, was passiert war, ging ich davon aus, dass du tatsächlich nur mit mir gespielt hast. Den Rest der Geschichte kennst du.«

»Das glaube ich nicht.« Mit einem Ruck entzog Irina Lars ihre Hände und entfernte sich einige Schritte von ihm. »Das ist nicht wahr!«

»Warum sollte ich dich anlügen?« Lars ging wieder auf sie zu. »Du kannst auch gerne Tim anrufen. Er wird dir die Geschichte sicher bestätigen. Offenbar hat er nach den vielen Jahren ein schlechtes Gewissen. Tobias ist übrigens inzwischen nach Australien ausgewandert. Ihn können wir so einfach nicht mehr zur Rechenschaft ziehen. Und glaub mir, das hätte ich liebend gerne getan.«

»Das glaube ich nicht«, wiederholte Irina und starrte zu Boden. »Du behauptest, die ganze Sache war nur ein gemeines Gerücht und ich bin darauf hereingefallen?«

»Wir sind beide darauf hereingefallen.«

Irinas Kopf ruckte hoch; sie starrte Lars wütend an. »Das hättest du mir sagen müssen.«

»Ich weiß. Es tut mir leid, Irina. Ich hatte gehofft ...« Er hielt inne, ging zu ihr und ergriff erneut ihre Hände. »Ich habe damals gemeint, was ich gesagt habe, und meine es auch heute noch.«

Irina entzog ihm erneut die Hände und wandte sich ab. »Ich weiß nicht, was ich denken soll, Lars.«

»Ich weiß, mir ging es ebenso.«

Irina starrte die Wand an. »All die Zeit habe ich dich gehasst dafür, dass du so gemein zu mir warst. Und jetzt sagst du mir, dass du gar nicht gemein gewesen bist.«

»O doch, ich war gemein zu dir. Und du zu mir. Unser kleiner Krieg dürfte in die Annalen unserer Schule eingegangen sein. Vielleicht sollten wir ein Klassentreffen organisieren.«

»Wozu?« Überrascht drehte Irina sich zu ihm um.

Lars grinste. »Um allen zu beweisen, dass aus einem Krieg auch etwas Schönes hervorgehen kann ... Wenn man erst einmal das Kriegsbeil begraben hat.«

»Haben wir das?«

Sanft zog Lars Irina an sich. »Meines liegt schon lange klaftertief unter der Erde«, sagte er mit dem rauen Ton in der Stimme, der ihr jedes Mal Schauer über den Rücken jagte.

»Lars ...« Sie wusste nicht, was sie sagen sollte. Ihr Herz hämmerte in ihrer Brust, und sie wusste, dass man ihren heftigen Pulsschlag an ihrer Halsschlagader sehen konnte. Ihre Gedanken überschlugen sich. Alles, woran sie bisher geglaubt hatte, alles, was ihr so lange Schmerzen bereitet hatte, war soeben wie ein Kartenhaus in sich zusammengebrochen. Sie hatte geglaubt, Lars hätte sie belogen, nein, schlimmer noch – aufs schlimmste benutzt und verraten. Und er hatte dasselbe von ihr gedacht. Was nun?

Ihr Herz sagte ihr ganz deutlich, was es wollte, doch ihr Kopf versuchte noch immer, den Anschluss zu finden. Als Lars sie noch fester in seine Arme zog, wehrte sie sich nicht. Schon seit er wieder in ihr Leben getreten war, hatte sie festgestellt, dass seine Nähe sich für sie irgendwie richtig anfühlte, obwohl sie sich immer eingeredet hatte, dass das nicht sein konnte, nicht sein durfte. Doch nun? Gab es nun noch etwas, das zwischen ihnen stand?

Ja, sie musste sich eingestehen, dass es so war. Doch der Gedanke, dass es einzig ihr Stolz und ihr Sturkopf waren, die es zu überwinden galt, gefiel ihr nicht sonderlich.

Lars hatte sie eine Weile schweigend angesehen und lächelte nun wieder. »Wolltest du mir etwas sagen?«

»Das muss ich wohl.« Sie schluckte. »Ich weiß nur nicht was.«

»Vielleicht kannst du mir eine einfache Frage beantworten.«

Sie knabberte nervös an ihrer Unterlippe. »Was für eine Frage?«

»Warum hast du mir damals nicht gesagt, dass du mich liebst?«

Irinas Herzschlag verstärkte sich noch einmal. Sie holte tief Luft. »Ich hab mich nicht getraut.«

Lars näherte sein Gesicht dem ihren, bis ihre Lippen

nur noch wenige Zentimeter voneinander entfernt waren. »Und bist du heute mutiger?«

»Ich …« Irinas Stimme versagte, als sie in seinen ruhigen, zärtlichen Blick eintauchte und drohte, sich in ihm zu verlieren.

»Ich liebe dich«, half er leise nach. Sein Blick wanderte zwischen ihren Augen und ihren Lippen hin und her. »Leichter kann ich es dir nicht machen.«

Irina spürte seinen warmen Atem über ihre Wange streichen, und sie wurde sich der Tatsache bewusst, dass es sinnlos war, sich weiterhin zu wehren. Sie war genau dort, wo sie sein wollte. Plötzlich fand sie ihre Stimme wieder. »Du hast es mir noch nie leichtgemacht, Reuther.«

In seinen Augen flackerte es bei ihrem herausfordernden Ton überrascht auf, dann grinste er. »Was höre ich da? Hast du etwa schon wieder meinen Vornamen vergessen?«

Da plötzlich alle Nervosität und Anspannung von ihr abfielen, lehnte sie sich an ihn und lächelte. »Kann sein.«

»Habe ich dir nicht gesagt, dass ich dich festhalten werde, bis er dir wieder einfällt? Egal, wo wir sind oder wie lange es dauert?«

»Das hast du.« Ihr Lächeln vertiefte sich. »Vielleicht lege ich es ja darauf an.«

»Worauf?«

»Dass du mich festhältst.«

»Willst du das denn?« In seine Augen trat ein Funkeln.

»Mehr als alles andere. Ich liebe dich, Lars Reuther.«

Aus dem Funkeln wurde ein Strahlen. »Jetzt bin ich aber in einer Zwickmühle.«

»Warum das?«

»Muss ich dich jetzt loslassen, weil du meinen Vornamen gesagt hast, oder darf ich dich weiter festhalten, weil du auch meinen Nachnamen benutzt hast?«

Irina legte ihm die Arme um den Hals und zog seinen Kopf näher zu sich heran. »Wie wäre es hiermit?« Sie küsste ihn sanft. Sogleich spürte sie, wie seine Arme sich wieder fester um sie schlossen. Der sanfte Kuss wurde rasch leidenschaftlicher. Atemlos lösten sie sich wieder ein wenig voneinander.

Lars lächelte ihr liebevoll zu. »Diese Lösung gefällt mir ausgesprochen gut.«

24. Kapitel – Nachspiel

»Tja, und dann sind wir zu dritt wieder zurück zum Auto gegangen«, erzählte Irina. Sie saß dicht an Lars gekuschelt auf der Couch im Wohnzimmer ihrer Eltern. Der erste Tag der großen Rosenbaum'schen Familienweihnachtsfeier neigte sich dem Ende zu. Die Kinder waren inzwischen alle zu Bett gebracht worden, doch die Erwachsenen saßen noch gemütlich beisammen. Im Hintergrund lief leise ein Weihnachtskonzert von CD. Lars war zur Überraschung der gesamten Familie zum gemeinsamen Abendessen erschienen. Erst hatte Irina gezögert, ihn einzuladen, denn sie wollte nicht, dass er seine Eltern am Heiligen Abend vernachlässigte, doch er hatte ihr versichert, dass die beiden Verständnis für die besonderen

Umstände hatten. Dennoch hatte Irina darauf bestanden, sie für den ersten Weihnachtsfeiertag einzuladen, denn auf zwei oder drei Leute mehr kam es in ihrer Familie nicht an, wie sie fand. Außerdem wusste sie, dass Lars und seine Eltern zukünftig ein fester Bestandteil ihrer Familie sein würden, also konnten sich auch gleich alle daran gewöhnen.

Gedankenverloren spielte sie mit dem Ring an ihrem Finger. Sie hatte Lars für verrückt erklärt, als er ihn ihr heute Morgen an den Ringfinger gesteckt hatte. Aber er hatte erklärt, dass sie bereits neun Jahre vergeudet hätten und er nicht gewillt sei, dieser langen Zeitspanne auch nur noch einen Tag hinzuzufügen. Außerdem, so hatte er mit einem Augenzwinkern hinzugefügt, würde sie auf diese Weise nicht einmal die Initialen auf ihrem Werkzeug ändern müssen. Dieser Argumentation hatte sie nichts entgegenzusetzen gehabt. Blieb nun also nur noch, ihrer Familie die frohe Botschaft zu übermitteln, was sie soeben getan hatten. Natürlich wollten die Inquisitoren nun alles ganz genau wissen.

»Zum Glück hatte es zwischenzeitlich aufgehört zu schneien, sonst wären wir vielleicht nicht mal mit meinem Wagen von dort weggekommen«, erzählte Lars weiter.

»Was für ein Glück, dass Sie … entschuldige, dass du zur Stelle warst, um Irina zu helfen«, sagte Silvia mit einem dankbaren Lächeln. »Sie hätte sich Erfrierungen holen können bei dem Wetter. Ganz zu schweigen von dem armen Nick.«

»Na, so arm war er ja wohl nicht«, erwiderte Irina lachend. »Ich begreife bis heute nicht, was ihn geritten hat, mir ein derartiges Theater vorzuspielen.«

»Nun, zumindest hat es dazu geführt, dass ihr euch ausgesprochen habt«, befand Julia, die neben Daniel auf der Lehne der Couch saß. »Das sollten wir ihm hoch anrechnen.«

»Ja, das sollten wir.« Lächelnd sahen sich Irina und Lars an.

Aaron Rosenbaum räusperte sich. »Damit wäre meine Frage von neulich wohl hinreichend beantwortet. Ich schätze, Lars, dass wir dich zukünftig regelmäßig hier begrüßen dürfen.«

Lars nickte lächelnd. »Wie ich schon sagte: Ich habe nichts dagegen.«

»Und du wohl inzwischen auch nicht mehr, Irina.«

»Nein, Paps«, antwortete sie mit strahlenden Augen. »Ich habe auch nichts mehr dagegen.«

»Hey, seht euch das an!«, rief Julia verblüfft. »Wer hat Nick denn diesen riesigen Kauknochen gegeben?«

Nick, der gerade aus dem Flur hereinkam, blickte sich schwanzwedelnd um, präsentierte allen Anwesenden seinen Knochen und rollte sich dann schnaufend vor Daniels Füßen zusammen. Hingebungsvoll begann er, an dem Kauknochen zu nagen.

»Keine Ahnung, woher er den hat«, sagte Daniel. »Vielleicht hat eines der Kinder ihn ihm zugesteckt.«

»Aber so ein Riesending? Am Ende wird ihm noch schlecht davon.« Julia schüttelte den Kopf, dann lachte sie. »Na ja, ich will mal nicht so sein. Es ist ja schließlich Weihnachten, nicht wahr?«

Mit einem zufriedenen Lächeln schob Santa Claus die Verpackung des Kauknochens in die Tasche seines roten Mantels und gab seinen Rentieren ein Zeichen, sich bereitzumachen. Er hatte noch eine lange Nacht vor sich, bis er alle Kinder besucht hatte. Doch diesen Abstecher zu Nicks Familie hatte er sich nicht entgehen lassen wollen.

Er war gerade dabei, auf seinen Schlitten zu klettern, als er ein leises Flattern vernahm. Das Christkind schwebte elegant neben ihm zu Boden und faltete seine goldenen Flügel ordentlich. »Hallo, Santa Claus«, begrüßte es ihn mit einem huldvollen Lächeln. Dann blickte es durch eines der Fenster ins Haus. »Mir scheint, du hast es wieder mal geschafft und dieser Familie das Weihnachtsfest gerettet.«

»Besser noch«, antwortete der Weihnachtsmann. »Ich habe zwei Menschen sehr glücklich machen können. Nun ja, mit Hilfe meiner Elfen natürlich.«

»Und mit Nicks Hilfe.«

»Aber ja, ohne Nick hätte ich es nicht geschafft«, bestätigte er.

»Du weißt, was das für unsere Wette bedeutet, nicht wahr?« Das Christkind sah ihn grinsend an.

Der Weihnachtsmann nickte und lachte dann. »Wir haben ein eindeutiges …«

»… Unentschieden«, bestätigte das Christkind und stimmte in sein Lachen ein.